Daniela Perelli

Nathan e` la mia dolce storia
d'amore e io sono la sua. Tutto il
resto non conta..

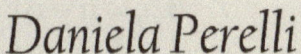

Con un pizzico di

Fantasia...

E anche un po' di magia

1

CON UN PIZZICO DI FANTASIA
E anche un po' di magia

Edizione cartacea 2016

Potete seguire l'autrice sulla sua pagina facebook Daniela Perelli Autrice per caso, sul suo sito web Scrivere con amore o contattarla tramite email perellidaniela412@gmail.com

Sinossi: Sofia Preziosi è una giovane ragazza torinese che lavora in un call center. Ha un rapporto davvero speciale con le sorelle Giulia e Alice, la migliore amica Miriam e la sua gatta Isotta. Appassionata lettrice di storie d'amore struggenti, decide un giorno di provare a scriverlo lei un romanzo. Da quel momento, però, comincerà a percepire strane sensazioni che la faranno sentire in totale connessione con Nathan, nonché personaggio principale del suo romanzo. Anche il ritrovamento di un libro antico lasciato alle nipoti dalla nonna sarà complice di strani avvenimenti e farà scoprire loro qualcosa di cui non erano a conoscenza...

Capitolo 1

1 dicembre 2015,
San Giacomo

SOFIA

Isotta mi guarda con sospetto già da un po'. E quando dico un po' non intendo pochi minuti o qualche oretta, intendo un'intera settimana. Proprio così!
Sì, perché, dovete sapere che sono una grande appassionata di storie d'amore struggenti e così, qualche giorno fa, ho deciso: scriverò un romanzo d'amore.
Ecco spiegato il motivo dello sguardo perplesso che Isotta mi riserva già da tempo.
«Erik...no...Sam...no...uffa!». Sono davvero esasperata perché non pensavo fosse così complicato scegliere il nome del protagonista.
Sono qui seduta con il gomito appoggiato alla scrivania mentre continuo a sbattere ritmicamente la stilo sul quadernetto degli appunti.
Isotta è sempre qui, in tutta la sua bellezza, mettendo in mostra un manto nero e lucido e fiera, soprattutto, del minuscolo campanello appeso al collarino.
Immobile, sulla mensolina proprio di fronte a me,

comincio ad accarezzarla accennandole un lieve
sorriso e lei, come sempre, apprezza e comincia a fare
le fusa.

«Non pensavo fosse così difficile decidere il nome del
personaggio maschile, è davvero uno strazio», mi
rivolgo a lei come se potesse rispondermi.

Non avrei mai pensato fosse davvero possibile
instaurare un legame così profondo con un piccolo
esserino a quattro zampe e invece le manca solo la
parola. Ma non è un luogo comune, è così davvero,
perché si fa capire benissimo.

Da quando è entrata a far parte della mia vita mi sento
un po' meno sola. Ancora adesso non riesco a smettere
di pensare, con affetto e commozione, al momento
preciso in cui la vidi al gattile. Si avvicinò alle sbarre
della gabbietta e...TAC! Fu amore a prima vista.

La adottai seduta stante senza pensare nemmeno per
un secondo a Davide, il mio fidanzato, nonché
convivente, che non prova molta simpatia nei
confronti dei gatti. Li trova un po' diabolici, così
dice...mah!

«Hai preso una gatta al gattile senza neppure
chiedermi se fossi d'accordo», mi aveva detto, «e per
giunta nera!». Tanto per farvi capire.

Cosa avrei dovuto rispondere? Non aveva di certo
tutti i torti, avrei dovuto almeno provare a chiedere
una sua opinione, ma come avrei potuto spiegare ad
un uomo come Davide che era stato amore a prima

vista? IMPOSSIBILE, non avrei potuto e così mi sono limitata a scusarmi con lui. Questo è quanto.

«Isotta, un cenno, anche solo un piccolissimo e impercettibile miagolio che mi faccia capire quali di questi nomi, che adesso pronuncerò a voce alta, è il più adatto. Lascio a te la scelta visto che, a quanto pare, sono un completo disastro».

Isotta mi guarda con curiosità e attenzione, proprio come se avesse capito quello che le è stato appena chiesto.

«Cominciamo, escludendo i nomi di prima che non ispiravano neppure me.

Jason...Dennis...Bill...Matt...Nathan...». A quest'ultimo nome Isotta, con uno scatto tipico dei felini, salta giù dalla mensola facendomi prendere un bello spavento e, non appena tocca terra, emette un miagolio.

«Vada per Nathan allora, mi piace. Qua la zampa amica!».

È stato più facile di quel che pensavo, ma non pensate che io sia pazza, il fatto è che Isotta già molte volte in questo anno con me, perché la adottai proprio il primo dicembre del 2014, ha sempre dimostrato la sua intelligenza, specialmente quando veniamo qui, nella nostra piccola e accogliente casetta di San Giacomo, lontane dalla caoticità di Torino, città che comunque amo.

Qui è come se un qualcosa che non so spiegare

risvegliasse in me delle sensazioni speciali che mi
fanno sentire bene e così, inevitabilmente, anche
Isotta. Poi, se ci mettiamo i ricordi..
Sin da piccolissima, infatti, passavo qui molti fine
settimana con i miei genitori e le mie sorelle, Giulia e
Alice. Quanti bei momenti.
Peccato che Davide non apprezzi particolarmente
questa deliziosa località di montagna, così tranquilla e
silenziosa con le sue stradine che portano in quei
boschi incantevoli. Lui, uomo di città molto pratico,
molto sicuro di se stesso e forse è stato proprio questo
suo modo di essere a farmi innamorare, anche se
adesso, a essere sincera, le cose non vanno proprio
bene tra noi.

Capitolo 2

3 dicembre 2015,
Torino

SOFIA

Pensavo che mi sarei abituata ai continui trilli dei
telefoni e invece…
Lavoro in questo call center da due anni, vendo
prodotti alimentari e sono anche piuttosto brava.
Ancora non so neppure spiegarmi come abbia fatto ad
imparare questo mestiere se, io per prima, mai e poi
mai comprerei un qualcosa senza prima averlo toccato
con mano. Eppure, eccomi qui e, come se non
bastasse, sono anche passata nella sezione ordini. In
poche parole sono i clienti adesso, la maggior parte
delle volte, a cercare me per acquistare i vari generi
alimentari sottovuoto e non io, loro. Incredibile!
«Allora, come va il tuo romanzo, Sofi?». La mia
collega, nonché migliore amica Miriam, si è
dimostrata sin da subito entusiasta di questa mia
improvvisa decisione, essendo anche lei appassionata
di grandi storie d'amore.
«Stasera Davide ha la partita di calcetto con gli amici
ed io approfitterò per iniziarlo, finalmente. Ho buttato

giù qualche appunto, ma niente più».

«Bene!», esulta Miriam sfregandosi le mani energicamente, «sono proprio curiosa, non vedo l'ora di sapere di cosa parlerà la storia».

«Ho già un'idea ben precisa, ma aspetterò ancora un po' a rivelarti i dettagli». Le sorrido divertita sapendo che la sua curiosità non ha limiti.

****

La sera...

Non è come essere a San Giacomo nel fine settimana, ma mi sento comunque molto ispirata e così butto giù qualche riga su un quaderno...

11 settembre 2001,
New York

Nathan

Il buio...è tutto ciò che rappresenta il mio stato d'animo in questo momento, ciò che sento dentro di me.
Quante volte mi sono trovato a dover domare le fiamme che senza sosta e con una violenza inaudita disintegrano tutto ciò che le circonda? Quante? Un numero irragionevole di volte, ho perso addirittura il conto. Ma, questo giorno, non potrò mai

dimenticarlo. Non potrà mai essere paragonato a nulla e rimarrà in me per sempre…

«Cavoli! Non male come inizio». Non nego di sentirmi un po' turbata, proprio come quando le leggo, da semplice lettrice, certe storie struggenti. Questa volta però, che sono io a scriverla, mi sento coinvolta più di quanto avessi pensato di poter essere. Ho un leggero batticuore e forse è proprio questa la strada giusta e la storia giusta.

Il rumore della porta di casa che si apre e si chiude mi fa sussultare, risvegliandomi improvvisamente da questo senso di emozione misto a inquietudine. Isotta corre via veloce dietro il divano, l'arrivo di Davide non è molto gradito visto che l'antipatia è reciproca.

«Ciao cucciola». Si avvicina e mi bacia sulla fronte.

«Ciao amore, com'è andata la partita?».

«Come al solito. Cosa fai?».

«Sto scrivendo».

«Ah sì, dimenticavo, il grande romanzo del secolo». Si allontana da me con fare divertito. Diciamo che per lui, anche se non me lo dice in maniera esplicita per non ferirmi (e non si rende conto che con questo suo atteggiamento mi ferisce ancora di più), è solo una gran perdita di tempo.

«So quello che pensi Davide, ma per me è importante, mi fa stare bene e poi credo molto in questo progetto».

«Sofi, scherzo, ti sto solo prendendo un po' in giro.

Non si può dirti nulla, sei così permalosa».

«Tu hai la passione del calcio e nonostante sia uno sport che non amo particolarmente non ti ho mai deriso». Sbuffa quasi esasperato.

«E va bene, scusami». Si avvicina di nuovo e mi dà un bacio a fior di labbra. Purtroppo, quell'alchimia che c'era tra di noi all'inizio si sta dissolvendo, pian piano, sempre più e sto davvero male per questo.

Quando ci siamo conosciuti me ne invaghii subito, la sua bellezza non poteva di certo passare inosservata. Quella sera uscii dal lavoro e fui colta da un improvviso temporale. Mi riparai sotto la tettoia di un negozio nella speranza che la pioggia cessasse velocemente e all'improvviso si avvicinò questo bel ragazzo con i capelli neri cortissimi e gli occhi verdi, si presentò e si offrì di accompagnarmi sino al portone di casa, avendo lui un ombrello, come da perfetto gentiluomo. E da quel momento in poi cominciai a pensare che fosse l'amore della mia vita, perché per conquistarmi usò tutte le sue armi migliori. Ma con il tempo, purtroppo e molto spesso, il vero io di una persona viene fuori. Il suo egoismo è apparso prepotente. Sono sincera, ho degli alti e bassi; ci sono momenti in cui mi sembra di amarlo profondamente e altri in cui non sopporto di averlo vicino, ma lasciarsi, dopo due anni insieme, non è così semplice alle volte.

Capitolo 3

10 dicembre 2015,
San Giacomo

SOFIA

Davide starà fuori per lavoro tutto il fine settimana.
Essendo un agente immobiliare può capitare che
debba spostarsi per far vedere case ai propri clienti.
Mi preparo una bella cioccolata calda e mi metto
subito al computer per continuare il mio romanzo,
dovrò anche decidere presto un titolo. Per il momento
l'unica certezza è che il mio protagonista si chiama
Nathan Porter ed è un vigile del fuoco. Per la bella di
turno ci penserò ancora un po', non mi dispiace l'idea
che per il momento sia solo e non si leghi a nessuna.
Isotta è comodamente accoccolata sul divano ed io
comincio a scrivere continuando il primo capitolo,
mentre sorseggio la mia cioccolata…

11 settembre 2001,
New York

NATHAN

Prima..
Una mattinata tranquilla. Sono in cucina e sorseggio un caffè
prima di cominciare il mio turno. Essere un vigile del fuoco in
una città come New York non è facile, bisogna sempre stare in
allerta anche se non si è in caserma. Per me è passione allo
stato puro e adrenalina. Domare le fiamme, salvare persone in
pericolo...Sono nato per questo, è la mia vita!
Accendo la tv, faccio un rapido zapping, ma ogni canale
trasmette la stessa cosa. Rimango per un attimo interdetto
senza capire esattamente quel che succede, ma quando realizzo
la tazza di caffè mi cade dalle mani. Non posso credere a quel
che vedo.
Il trillo del telefono mi risveglia in maniera brusca ma non
perdo tempo a rispondere, tanto so già di cosa si tratta. Mi
vesto velocemente ed esco di casa.
Sembrava una mattinata tranquilla. Persone che raggiungono
il proprio posto di lavoro, persone che sono lì per caso, persone
che semplicemente sono lì nei dintorni, che vivono la loro
giornata, ma in pochissimo tempo tutto è finito...

Il campanello che suona con insistenza mi fa trasalire.
Poso la tazza di cioccolata oramai piena per metà e
gelata, mi dirigo verso la porta chiedendomi chi mai
possa essere, forse la mia anziana vicina.

Guardo dallo spioncino e rimango sorpresa nel vedere che si tratta di Giulia e Alice, le mie sorelle. Apro immediatamente.

«Ma cosa ci fate qui? Che bella sorpresa!». Si guardano tra loro sospettose, per poi riversare nuovamente l'attenzione su di me.

«Sei sicura ti faccia piacere? Dovresti vedere la tua faccia Sofi, sembra che tu abbia appena visto un fantasma!», commenta Alice, la più piccola tra noi. Effettivamente mi sento strana e turbata. Ero così concentrata su quello che stavo scrivendo, che quasi mi sembrava di essere entrata nella storia.

Cerco di riprendermi e darmi un contegno.

«Entrate su, ma certo che sono felice di vedervi», confermo mentre le abbraccio forte, «è solo che non me lo aspettavo, tutto qui».

«Sorpresa, allora! Tutte e tre insieme come da bambine, ma senza mamma e papà che ci riprendevano quando ci vedevano spaventate, perché di nascosto ci raccontavamo storie dell'orrore sotto le lenzuola durante la notte». Cominciamo a ridere a crepapelle al ricordo.

«Ora siamo adulte, è vero, ma nulla ci vieta di rifarlo stanotte. Non lo diremo a nessuno», dice Giulia con voce tremante e gesticolando, mentre mima un fantasma.

«Ottima idea, direi». Sono davvero felice di averle qui. Tra di noi c'è sempre stato un legame molto speciale: nessun bisogno di grandi discorsi per capire una o l'altra, basta uno sguardo o un modo di fare, ed io ho capito benissimo che loro sono qui per starmi vicine in questo periodo in cui le cose con Davide non vanno bene.

Alice si avvicina al computer curiosa. «Lo hai cominciato vedo, di cosa parla?». Si siedono entrambe sul divano mentre io mi avvicino alla piccola cucina e metto su il bollitore per preparare una cioccolata anche a loro.

«Non ho ancora deciso un titolo, ma ho la trama abbastanza chiara. Il protagonista si chiama Nathan Porter ed è un vigilie del fuoco. Ho deciso di ambientare la storia a New York nel periodo del crollo delle torri gemelle. Essendo una vicenda che mi ha colpito molto ho deciso di raccontare una storia d'amore vissuta in quei giorni molto difficili. Non so, magari, lui salva una giovane ragazza da quella tragedia immane e se ne innamora, qualcosa del genere, insomma».

Prendo un vassoio, vi poso sopra le tazze di cioccolata e mi siedo vicino a loro.

«Mi sembra una bellissima storia, Sofi. E hai già deciso il nome della bella fortunata che cadrà tra le braccia dell'aitante pompiere?», domanda Alice maliziosa.

«Non prendetemi per pazza, ma non ho ancora deciso. Non so spiegare...». Ho un attimo di incertezza nel continuare a parlare.

Giulia e Alice si guardano, si tolgono le scarpe e rannicchiano comodamente le gambe, mentre cominciano a sorseggiare la cioccolata.

«Siamo tutte orecchi», dice Giulia. Sorrido felice, è bello poter parlare con chi non ti giudica.

«Ho scritto ancora pochissimo, ma, non so, quando comincio a battere i tasti del computer o a prendere qualche appunto sul blocchetto e faccio parlare Nathan, è come se provassi esattamente quello che prova lui. Vivo il suo stato d'animo. Quando leggo i romanzi che tanto amo provo queste sensazioni, ma non così profondamente da staccarmi completamente dalla realtà. Non so se mi sono spiegata bene».

Le mie sorelle mi guardano, ma è Alice, come sempre, la prima a spezzare il silenzio che si è creato per pochi secondi.

«Be', io non sarò un'esperta, leggo ma non quanto te, però, a mio modesto parere, credo sia una cosa positiva. Forse ogni scrittore che si rispetti deve provare ciò, altrimenti come fa a fare innamorare di sé un lettore, giusto Giulia?». Si rivolge a lei che sembra lievemente sotto shock. Balbetta qualcosa prima di rispondere.

«Oooookayyyy, forse e dico forse, non stiamo valutando la cosa sotto tutti i punti di vista. Potrebbe anche c'entrare il fatto che le cose con Davide ultimamente non vanno proprio bene? Credo sia una

16

possibile spiegazione». Giulia è la più razionale tra
noi e devo dire che la stimo. Non avevo valutato
questo punto di vista.

«Sapete cosa vi dico? La risposta è da entrambe le
parti. Io amo leggere e scrivere e quindi mi sento parte
integrante delle storie e questo mi aiuta anche a
staccare un po' la spina quando i miei pensieri vanno a
Davide e al nostro rapporto che, anche se lui non
ammette, va via via sgretolandosi». Comunque, ciò
non toglie che dovrò affrontare il problema e parlarne
con lui. Non posso più nascondermi dietro le mie

fantasie.

***

Verso sera...

11 settembre 2001,
New York

NATHAN

..Le torri sono crollate e un numero imprecisato di innocenti
sono morti, per dio!
Io avrei dovuto essere tra questi. Perché mi hai risparmiato,
perché? Perché Jason e non io? Era il mio migliore amico, era
come un fratello.

Devo essere impazzito lo so, ma quando siamo arrivati ci siamo fermati ad una certa distanza dalle torri, io sono stato l'ultimo a scendere dalla camionetta.

Jason si è avvicinato e ho visto tutto; il crollo improvviso, nessuno se lo aspettava. Erano o no state progettate per non crollare? Lui e altri miei colleghi, con cui abbiamo condiviso tanto in questi anni, le gioie e i dolori per il nostro lavoro, sono morti lì, sotto le macerie, ed io in lontananza ho visto tutto e non ho potuto fare nulla. Volevo correre da loro per salvarli, volevo morire anche io con loro, ma non ho potuto. Una forza, un qualcosa che non riesco a spiegare mi ha tenuto lì immobile...

Sento una mano che si appoggia sulla mia spalla improvvisamente e sussulto.

«Sono io, Sofi», mi sorride Giulia, «ora capisco perfettamente quello che dicevi: eri davvero completamente assorta. Posso leggere la parte che hai appena scritto?».

«Ma certo, leggi pure».

«Cosa significa -un qualcosa che lo ha tenuto lì immobile?- Come un angelo custode che vuole proteggerlo?».

La guardo negli occhi per un attimo che sembra infinito, perché in realtà non so cosa rispondere. Non ho intenzione di scrivere un fantasy e allora mi domando: perché la storia ha preso questa piega?

«In realtà non so Giuli, forse...nello scrivere è come se la storia vivesse di vita propria e mi portasse lei stessa in una direzione, nonostante io avessi deciso diversamente sin dall'inizio. Di solito funziona così». È l'unica spiegazione

sensata che so darmi.
«Allora lasciati trasportare dalle sensazioni, mi sembra un buon punto di partenza per scrivere un romanzo».

***

A notte fonda...

«Ragazze, venite un po' su in soffitta, ho trovato una cosa interessante», dice Alice, mentre si cimenta ad imitare uno spettro.
Saliamo curiose e non appena ci troviamo di fronte ogni genere di cianfrusaglia impolverata, ci rendiamo subito conto che sarebbe proprio ora di dare una rassettata.
«Da quando non saliamo quassù? Mi ricordo che la mamma aveva sempre paura che ci facessimo male, non ci lasciava star qui volentieri a giocare».
«Be' è già tanto riuscire a muoversi», osserva Giulia.
«Guardate cosa ho trovato, non so quanti anni potrebbe avere».
Si avvicina a noi tenendo tra le mani un libro a dir poco impolverato, ci accucciamo, Alice lo appoggia sul pavimento e lo apre.
«Era della nonna, guardate la dedica e la data», afferma Giulia.
«Sì, la mamma dice sempre che nostra nonna era un po' stramba. Era fissata con la magia e le piaceva

preparare certi intrugli che poi travasava in piccole boccette e che suddivideva accuratamente con delle etichette». Mi sarebbe tanto piaciuto conoscerla, ma purtroppo morì quando nostra madre era in attesa di Giulia. Di nostro nonno invece non sappiamo nulla. Nostra madre ci racconta quel poco che sa e che la nonna le raccontava spesso la sera per farla addormentare, quando era ancora piccola. Sappiamo che era un soldato e morì con onore nella seconda guerra mondiale lasciando nostra nonna Annabella incinta di mia madre.

«Peccato non averla mai conosciuta. Vediamo cosa c'è scritto».

♣*Alle mie future tre nipoti, nella speranza che questo libro così essenziale per me possa portarvi quel pizzico di fantasia e, perché no, anche un po' di magia, importante nella vita di tutti i giorni, troppo spesso difficile da affrontare*♣

«Oooookayyyy», dice Giulia a gran voce, «la nonna era stramba davvero. Mi sembra di essere la protagonista del telefilm streghe, il gatto lo abbiamo pure!», cominciamo a ridere di gusto, mentre Isotta fa irruzione incuriosita dal baccano che stiamo facendo. D'improvviso sento una strana sensazione, come un brivido e l'irrefrenabile voglia di continuare a scrivere, ma ignoro.

«Ora sì che siamo pronte per la nostra serata

misteriosa, proprio come da piccole. Cosa ne dite di dare un'occhiata tutte insieme al suo contenuto? Chissà che non scopriamo qualcosa in più su nostra nonna», afferma Alice.

«Chissà se la mamma sapeva di questo libro».

«Non saprei Giuli, forse no, altrimenti ce lo avrebbe dato visto che era indirizzato a delle future nipoti. Chissà come faceva lei a sapere che saremmo nate anche io e Alice. Sapeva solo di te Giuli, visto che morì poco prima che nascessi».

«Credo che non lo scopriremo mai, ma, non so voi, tutto questo mistero mi diverte parecchio». Alice, essendo la più piccola delle tre, ha sempre quel non so che, che la contraddistingue non tanto da me, in quanto mi sento molto vicina a lei, altrimenti non potrei neppure pensare di scrivere un romanzo, ma da Giulia, che è la più terra a terra delle tre.

L'onore a me di sfogliare le vecchie e logore pagine. Quando arrivo a circa metà libro vengo attirata da uno scritto che non posso fare a meno di leggere.

♥Il vero Amore♥

Un posto molto, molto speciale dove pensare.
Cinque semplici parole: tu sei il mio cuore.

Chiudi gli occhi e soffia via dalla tua mano quattro petali di fiori e, come per magia, il tuo sogno si avvererà..

«Be', quando deciderò di cercare l'amore della mia vita quasi quasi ci provo», afferma Alice.
«Mmmm, io impegnata come sono con il lavoro non ho neppure il tempo di pensarci», conclude Giulia, scoppiando a ridere dall'assurda situazione. Poi, entrambe, si girano verso di me.
«Non guardatemi così, non sono messa poi tanto male su, le cose con Davide potrebbero anche sistemarsi».
«Se lo dici tu», borbottano in coro.
So benissimo che non lo hanno mai sopportato. Già dall'inizio della nostra storia avevano provato a dirmi che non era proprio come sembrava, ma io accecata dall'amore e con quel pizzico di ingenuità proprio non volevo crederlo.

Capitolo 4

12 dicembre 2015,
Torino

SOFIA

Fare l'amore con lui è diventato come un appuntamento dal medico: prendi un appuntamento per tale ora e tale giorno, nulla è più spontaneo, o spontaneo non lo è mai stato. Non avendo chissà quale esperienza forse non so neanche esattamente di cosa sto parlando.
I primi mesi, accecata dall'amore e dalla sua prestanza, ogni volta che mi sfiorava o mi toccava sentivo i grilli nello stomaco. Anche adesso adoro stare tra le sue braccia ma non mi sento amata e desiderata come prima, ed è questo il motivo principale che mi sta facendo allontanare da lui.
Non mi fa sentire speciale, è tutto così meccanico e neppure lui mi sembra appagato.
Si scosta da me, come se nulla fosse.
«È tutto a posto?». Domanda banale, lo so. No che non è tutto a posto.
«Sì, perché?».
«Non so, ma ti sento un po' distante». Altra banalità.

Scrolla un po' il capo e si siede sul bordo del letto sbuffando sonoramente.

«Esco un po', ho bisogno di prendere aria». Si alza e si riveste velocemente.

«A quest'ora?».

«Sì, a quest'ora».

«Ok, ma non sarebbe meglio parlare? Mi sembra che abbiamo qualche problema e scappare non è una soluzione».

«Vuoi proprio che sia sincero con te? Perché quello che sto per dirti non credo ti piacerà, ma visto che insisti tanto e sei diventata così esasperante con il tuo modo di fare..».

«Parla».

«Tu e il tuo modo di fare, spesso e volentieri con la testa tra le nuvole, questa tua assurda idea di scrivere non so che cosa e le tue passive prestazioni sessuali a letto, cominciate a darmi sui nervi».

Nonostante potessi immaginare, fa sempre male sentirselo dire.

«Ok, quindi, è solo colpa mia, giusto? Tu sei perfetto».

«Sei tu quella strana, non io».

«Due anni insieme e pensi questo di me? Nessuno ti ha obbligato a corteggiarmi e a perdere il tuo prezioso tempo».

«Si può anche sbagliare ed io, ho sbagliato alla grande mi sa».

Si veste velocemente, prende le chiavi, la giacca e se ne va.

***

Prima di dormire...

14 settembre 2001,
New York

NATHAN

Ringraziamo. Belle parole, pastore! Ringraziamo di avere avuto la possibilità di averli con noi, anche se per troppo poco tempo. Ringraziamo dell'affetto che ci hanno riversato in questi anni. Ringraziamo dell'amicizia che ci hanno donato. Ringraziamo di essere stati nostri figli, nostre mogli, nostri genitori, nostre sorelle e nostri fratelli.
Ascolto la funzione e l'unica cosa che avrei voglia di fare sarebbe urlare e imprecare forte. Di cosa dovrei ringraziare, dio? Parlo proprio con te in questo momento. Dovrei ringraziare del maledetto giorno in cui persone che credono di avere il potere assoluto hanno deciso di porre fine a delle vite innocenti? Le stesse persone che tu avresti creato. È questo a cui dovrei dire grazie? La loro vita è finita e io sono qui e vedo solo dolore intorno a me. Il dolore di chi continuerà a vivere su questa terra ma sarà comunque morto, perché privato violentemente dell'affetto dei propri cari. Grazie allora per il mio migliore amico che non c'è più.

Torno a casa per poco, prima di cominciare di nuovo il turno. Mi sdraio a letto e l'unica cosa a cui riesco a pensare è: quanti cadaveri troverò oggi, quanti? Ed io, sopravvivrò o sarò il prossimo a morire? La paura è presente in me ma l'amore per il mio lavoro non mi permette di esitare neppure per un attimo. Non so mai cosa troverò lì, ma la speranza di salvare qualcuno che magari è solo intrappolato, ma ancora vivo, non mi abbandona mai.
Mi passo una mano tra i capelli e per un attimo, solo per la frazione di un secondo, sento come se una mano si fosse posata sul mio cuore recuperando un battito, è stato bellissimo anche se troppo breve. Non so spiegarmi cosa sia stato, ma se in quel brevissimo momento ho provato una sensazione di gioia spero torni presto. Di qualsiasi cosa si tratti, la aspetto…

Chiudo il computer con forza e mi allontano. Isotta mi viene vicina. La prendo in braccio per coccolarla e mi rannicchio sul divano. Comincio a piangere, ma non per Davide. Forse sto diventando pazza…

Capitolo 5

14 dicembre 2015,
Torino

SOFIA

Dieci minuti di pausa dopo tre ore di fila al telefono del call center. Se Miriam non mi avesse chiamata non avrei fatto caso a quanto queste prime ore di lavoro fossero passate così velocemente. Ultimamente non ho più la cognizione del tempo, specialmente quando scrivo ed ora, a quanto pare, anche sul posto di lavoro. Una cosa però è certa: non mi annoio mai.
«Allora, racconta cosa è successo con Davide», mi domanda Miriam, mentre siamo di fronte alla macchinetta del caffè.
«Non lo vedo e non lo sento da quattro giorni. Probabilmente sarà a casa dei suoi genitori o chissà dove. Non mi va di sentirlo, ma prima o poi uno di noi due dovrà fare la prima mossa. Abbiamo un appartamento in affitto e ci dividiamo le spese, dovremo decidere sul da farsi».
«Mi dispiace Sofi, però lascia che ti dica una cosa: credo che lasciarvi sia la soluzione migliore. Non è la persona adatta a te e lo sai bene».

Emetto un lieve sospiro.

«Sì, me ne sto rendendo conto sempre più, ma fa male comunque. Sono due anni della mia vita e non potrò dimenticarli facilmente».

«Lo capisco, ma passerà, vedrai. E poi hai tanti bei progetti e voglia di fare. Andrà tutto bene».

Il trillo del cellulare mi fa sussultare. È mia madre. Rispondo subito.

«Giulia amore, come stai?».

«Ciao mamma, bene. E tu e papà?».

«Tutto bene, cara. Ascolta, so che sei al lavoro, ma ti rubo solo un minuto».

«Ti ascolto».

«Ci sarete alla cena di Natale tu e Davide? Pensavo di invitare anche i suoi genitori, cosa ne pensi?».

E adesso come glielo dico?

«Mamma, ascolta....io e Davide abbiamo litigato...».

Non mi lascia neppure il tempo di spiegare! Miriam mi guarda e fa una lieve smorfia. Sa benissimo anche lei come sia avere a che fare con mia madre.

«Ma sì amore, succede, da qui a Natale sarà già tutto risolto, che vuoi che sia».

E l'importante è che sia convinta lei!

«Mamma ti basti sapere che io ci sarò sicuramente e pensavo di invitare anche Miriam, visto che i suoi genitori saranno in Toscana a casa di parenti». Miriam mi sorride entusiasta. So benissimo che non ha alcuna voglia di andare via qualche giorno e così passerà le feste con noi sentendosi meno sola.

«Ma certo tesoro, mi fa molto piacere averla qui».

«Grazie mamma. Ora devo andare, ci sentiamo presto. Saluta papà».

«Buon lavoro, fammi sapere per Davide e la sua famiglia. Ciao Sofi».

Prima o poi dovrò raccontarle quel che è successo.

«Grazie amica, l'idea di passare qualche giorno in Toscana...Non sono una grossa sostenitrice della grandi e numerose famiglie patriarcali».

Non posso che sorridere divertita al pensiero che Miriam, la mia migliore amica, nonché ragazza fortemente indipendente e riservata, possa passare le feste circondata da un numero spropositato di parenti che non farebbero altro che sbaciucchiarla in continuazione visto che, nonostante sia una donna di venticinque anni, rimane comunque la più piccola della famiglia.

Finita la mia giornata lavorativa di otto ore e, come sempre, stupita ma soddisfatta delle quaranta bottiglie d'olio d'oliva vendute e un numero spropositato di sottaceti e cibi sottovuoto, ritorno in quella che, ancora per poco, sarà la mia casa.

Quando apro la porta ho una paura incredibile di trovare Davide; non sono ancora pronta ad affrontarlo. Per fortuna lui non c'è e non credo che tornerà, a questo punto.

Isotta mi viene incontro. La vedo più tranquilla

quando siamo solo io e lei. Mi preparo qualcosa di veloce per cena, do a Isotta la sua scatoletta ai sapori di pollo preferita e, finalmente, mi siedo alla scrivania, decisa a continuare il mio romanzo.
La mia amica pelosa mi è vicina e mi guarda, quasi come se mi incitasse a continuare. Accendo il PC e scrivo...

New York,
15 settembre 2001

NATHAN

Mi sveglio e cerco di mettermi in testa di essere pronto per una nuova giornata. Oggi nessuno riuscirà a convincermi a non continuare a oltranza. Niente pause: notte e giorno finché non crollerò, voglio essere di aiuto. Oggi, con un gruppo di vigili del fuoco ben addestrati alle situazioni estreme, tenteremo l'impossibile. Non ho paura, ho perso troppo: la speranza di un mondo buono dove queste cose non sono vere, ma si vedono solo nei film. Cumuli di macerie che sembrano montagne innevate, ma quella non è neve, è cenere. Non ascolto più i telegiornali, ognuno dice la sua, ma la verità è soltanto una: esiste il bene e il male e, questa volta, quest'ultimo ha preso il potere assoluto..
Esco di casa e, non appena apro la porta, mi blocco. Di nuovo quella bellissima sensazione, quella carezza lieve sul mio petto che mi fa battere forte il cuore. Non capisco di cosa si tratta, ma è già la seconda volta che mi fa stare bene, anche se per

poco. Non mi sento solo, è come se avessi un angelo custode vicino a me, un bellissimo angelo dal viso incantevole e i lunghi capelli che mi protegge e che mai permetterà che possa accadermi qualcosa, così che io possa continuare a fare il mio lavoro nel miglior modo possibile...

Isotta fa un altro dei suoi scatti felini e, come mai prima era successo, scontra il tavolino con sopra appoggiata una piccola candela profumata accesa. Questa cade sul tappeto della sala e una piccola fiamma divampa.

Solo la frazione di un secondo per rendermi conto di quello che sta succedendo, ma non posso muovermi, sono paralizzata, penso a Nathan e a quello che sta provando e che sto provando anche io.

La porta di casa si apre improvvisamente.

«Sofi, ma che cazzo!». Davide si avventa come una furia sulla coperta piegata sul divano, la apre e senza alcuna esitazione la butta sulla fiamma che si sta espandendo sempre più.

Non riesco a proferire alcuna parola.

Davide, visibilmente sconvolto, mi guarda come se avesse davanti una specie di mostro.

«Sofia, ma ti rendi conto di quello che sarebbe potuto succedere? Ma cosa hai in quella testa?». Comincia ad imprecare. «Tu e le tue manie di candele profumate per la casa. Hai rischiato di mandare a fuoco tutto e avresti potuto morire bruciata, cazzo. Dì qualcosa, almeno!».

Ma io non riesco a dire nulla. Come potrei spiegare ciò proprio a Davide? Cosa posso dirgli? Scusa, ma sai, ero talmente coinvolta da quello che stavo scrivendo che non ho avuto la prontezza di riflessi di porre rimedio. Be', non male come spiegazione da dare ad uno come lui. La povera Isotta, completamente terrorizzata, si è nascosta dietro la tenda della sala. Avrà sicuramente paura di essere sgridata da Davide, ma non ho alcuna intenzione di dirgli che è stata lei a scontrare il tavolino, facendo cadere la candela. Non lo ha fatto di certo volontariamente, povera piccola.

«Allora, sto aspettando, di qualcosa cristo santo!».

«Mi dispiace».

«Ti dispiace..», ripete scocciato mentre gesticola con le mani, «a lei dispiace».

Rivolgo poi il mio sguardo verso di lui. Avrei una gran voglia di spaccargli la faccia!

«Ho trovato un nuovo affittuario per l'appartamento», mi dice poi noncurante, quasi come se questi due anni insieme non ci fossero mai stati.

«Bene, mi sembra perfetto». Non cederò proprio in questo momento.

«Abbiamo una settimana di tempo per portare via le nostre cose».

«Comincio subito, allora». Continuo a guardarlo dritto negli occhi. Non piangerò, non verserò una sola lacrima per lui.

«Ok». Non aggiunge altro, mi saluta appena, esce dalla porta e la chiude alle sue spalle.

Isotta spunta dalla tenda emettendo il suo dolce miagolio. Mi lascio completamente andare sul divano. Salta sulle mie gambe e sembra quasi, o meglio, ne sono certa, che voglia confortarmi. Quando un amore finisce e tu sai benissimo che è la cosa migliore, il dolore non ti risparmia comunque. È lì, in agguato, dietro l'angolo, pronto ad uscire e spezzarti il cuore.

Capitolo 6

20 dicembre 2015,
Torino

SOFIA

Il terzo sabato di ogni mese è un giorno che aspetto
sempre con impazienza, specialmente in questo
periodo, in cui si respira aria di festa. Torino è una
città bellissima sempre, ma ancor di più sotto Natale
con tutte le luci che illuminano le vetrine dei negozi,
le persone che camminano ben nascoste sotto i loro
cappotti, avvolti nelle loro sciarpe tenendo ben stretti i
loro ultimi acquisti da regalare ad amici e parenti,
come se fossero davvero qualcosa di speciale che non
credevano certo di trovare, così, all'ultimo momento.
Come spesso accade, a causa di lavoro e impegni, di
ridursi agli ultimi giorni per trovare i regali più
appropriati.
Oggi un lieve nevischio mi accarezza le guance
arrossate dal freddo, ma questo non mi ferma di certo,
come non scoraggia neppure Giulia, Alice e Miriam.
Come dicevo: ogni terzo sabato del mese io, le mie
sorelle e la mia migliore amica usciamo di casa molto
presto, affittiamo le bici in Piazza San Carlo e giriamo

per Torino. Per noi è come un rito e non sarà di certo
il freddo pungente a farci demordere. Oggi, in
particolare, ne approfitteremo per fare gli ultimi
acquisti e scambiarci i nostri regali, o meglio,
decidere quel che più ci piace, così non sbagliamo.
Siamo talmente coperte e fasciate che mi stupisco
anche di come riusciamo a salire sulle bici agilmente.
Le vie di Torino, così vestite a festa, e i bellissimi
abeti illuminati, fanno da contorno alla nostra
giornata. Per non parlare delle colonne sonore di
sottofondo emesse dalle casse installate a fianco alle
vetrine dei negozi. È tutto così magico!
Per un attimo ripenso alla sera in cui Alice trovò il
vecchio libro appartenuto alla nonna e a quante volte
sia stata tentata di pronunciare quella formula
☆magica☆, sì; proprio quella, così, solo per
divertimento. Non posso certo credere ai desideri che
si avverano, giusto? Nonostante mi piaccia molto
leggere e credere in favole meravigliose.
Poi penso al mio Nathan e mi viene da sorridere nel
dire MIO, ma è così, lo sto creando io, in fondo.
Penso a che tipo di carattere mi piacerebbe associare a
questo personaggio così altruista, a come mi
piacerebbe far evolvere questa storia, al fatto di
decidere se debba avere dei genitori, dei fratelli o
delle sorelle, come e quando farlo innamorare, ma è
più facile a dirsi che a farsi. Questo perché, quando
sono di fronte al computer è la storia che parla da sé, è

la storia che costruisce un qualcosa. Io mi sento solo il tramite e nulla più. È strano ma è così e non ho intenzione di fermare questa cosa, qualsiasi cosa sia. Siccome il nevischio si fa più insistente, ci fermiamo a prendere una cioccolata calda in un bar sotto i portici.

«Che freddo ragazze. Ci congeleremo oggi», osserva Miriam.

«Ci scaldiamo un po' e poi continuiamo i nostri giri per negozi. A proposito: ora che siamo tutte sedute davanti ad una bella tazza fumante parliamo dei nostri regali. Partiamo con le richieste», dico entusiasta.

«Dunque», comincia Alice, «io vorrei...un nuovo lettore cd portatile!». Batte le mani come se fosse una bambina di fronte ad un negozio di caramelle.

«Un cd portatile? Ma che cavolo di regalo triste!». Giulia è sempre la solita, difficile da entusiasmare. Alice si gira verso di lei e la guarda con occhi socchiusi come due fessure. «Che cavolo stai dicendo, Willis?», le domanda per prenderla in giro. Giulia alza gli occhi al cielo.

«Ok, ok, come non detto, vada per il lettore cd portatile. Tu e la tua mania di ascoltare musica sempre e ovunque». Io e Miriam ridiamo sempre divertite dai loro simpatici battibecchi.

«A me piacerebbe tanto..», continua Giulia, «una nuova agenda con penna incorporata per i miei appunti e appuntamenti». Alice fa la linguaccia come

se stesse per avere un improvviso attacco di nausea.
Eh sì, sono proprio diverse: una commessa che lavora
in un grande store di gadget e un' insegnante di
matematica, perfetto direi!
Ora è Miriam a parlare, «a me piacerebbe un
maglione di lana morbidissimo che ho visto proprio
pochi giorni fa nel negozio qui all'angolo». Miriam è
la più freddolosa del gruppo.
Ora è il mio turno. «A me piacerebbe...una nuova
custodia per il mio portatile, visto che quella vecchia è
un completo disastro».
«Bene, adesso che tutte siamo d'accordo, finiamo la
nostra cioccolata e andiamo a viziarci un po'», dice
Giulia, soddisfatta.
Ed è ciò che facciamo: compriamo i nostri regali, li
facciamo impacchettare per bene e poi ce li
scambiamo per metterli sotto l'albero e aprirli, così, la
vigilia di Natale, allo scoccare della mezzanotte.
Compriamo anche gli ultimi pensieri per le nostre
famiglie e giriamo ancora un po' per le piazze di
Torino, sino ad arrivare a pomeriggio inoltrato.
Torniamo ognuna a casa propria e io, lo ammetto, non
ho ancora raccontato loro quello che è successo con
Davide e del fatto che mi rimangano pochi giorni per
sgomberare la casa dalle mie cose.
Abbiamo passato una bellissima giornata, come ogni
sabato, di ogni terza settimana del mese e non avevo
proprio voglia di deprimermi e farmi compatire e per

fortuna le mie sorelle e la mia amica mi conoscono abbastanza bene da sapere quando è il momento di chiedere o no, ed oggi non era proprio il momento...

Capitolo 7

21 dicembre 2015,
Torino

SOFIA

Avverto un calore fortissimo e quasi mi manca il
respiro: ho paura.
Sta per succedere qualcosa di terribile ed io non posso
evitarlo. Apro gli occhi pian piano e vedo in
lontananza le fiamme che si avvicinano sempre più.
Urlo forte, ma nessun suono esce dalla mia bocca,
oppure non lo sento, è come se fossi sorda.
Mi volto per dare le spalle alle fiamme che si
avvicinano molto, molto lentamente...ma non si
fermeranno, mi prenderanno e mi avvolgeranno se
non scapperò via di qui il più velocemente possibile.
Mi rendo conto però che non ho una via di fuga,
perché di fronte a me c'è un muro di mattoni altissimo
ed io non riuscirò mai a scavalcarlo per saltare
dall'altra parte.
Ad un certo punto sento un rumore fortissimo
provenire alla mia sinistra.
Corro lungo il muro, proprio in questa direzione,

cercando di raggiungere il punto esatto da cui arrivano questi colpi. Mi ritrovo di fronte ad un enorme portale, comincio a battere i pugni, sino a farmi male e, d'improvviso, sento una voce dall'altra parte.

«C'è qualcuno qui?», lo sento urlare, è la voce di un uomo.

Mi giro di nuovo per vedere dove sono le fiamme: sempre più vicine.

Urlo con tutta la forza che ho in gola. Piango e piango, mentre mi aggrappo ai catenacci del portale cercando di fare leva verso di me per aprirlo e salvarmi.

«Sì», rispondo più forte che posso.

«Sto per buttare giù la porta. Può spostarsi o è intrappolata?».

«Posso spostarmi». E lo faccio. Mi sposto di lato singhiozzando, con il viso e tutto il mio corpo che sono diventati un tutt'uno con questo maledetto muro, come se aggrappandomi a lui fossi neutrale e le fiamme non potessero avvolgermi.

Colpi fortissimi. Il calore sempre più insopportabile e che mi toglie il respiro. Sto per lasciarmi andare, mi sento svenire e tutto si fa ovattato.

Poi, d'improvviso, due mani forti mi serrano le braccia, fino a farmi male. Sollevo il viso e i miei occhi incontrano i suoi. «Sei tu..», sibilo...

Mi sollevo con forza e mi guardo intorno. È di nuovo tutto familiare: sono nel mio letto, vedo la mia scrivania, i miei libri e Isotta proprio di fronte a me che mi guarda terrorizzata. Un sogno, è stato solo un brutto sogno, eppure...sembrava così reale.

Mi precipito giù dal letto nonostante sia ancora notte fonda, perché l'ispirazione quando arriva arriva e poi dopo questo sogno...Potrebbe essere uno spunto perfetto anche se non pensavo che la storia potesse prendere questa piega. La ragazza del sogno ero io e nel mio romanzo figurerebbe benissimo il salvataggio di una giovane e bella fanciulla da parte del mio super eroe, no?

Accendo il PC, la luce della piccola abat jour sulla scrivania e, non appena apro la pagina word e comincio a digitare i tasti, mi sento completamente catapultata nel mio sogno che, da questo preciso momento, comincerà a prendere vita per davvero su questi fogli, bianchi ancora per poco...

12 settembre 2001,
New York

NATHAN

Non ascolto nessuno, perché la parola impossibile non esiste nel mio vocabolario. Piccoli varchi, proprio come le grotte in cui i minatori del vecchio west lavoravano e passavano la maggior parte delle loro giornate. Il costante pericolo non li fermava di certo, continuavano e continuavano a oltranza. E perché allora io non dovrei? Con i mezzi che abbiamo adesso mi rifiuto di credere che non riusciremo a salvare più persone possibili.

Perché io non posso vivere nell'incertezza.

«Nathan, di qui non possiamo entrare, ci moriremo anche noi, vuoi ascoltarmi ragazzo?».

So che il signore Blade è il vigile del fuoco con più esperienza, ma nessuno può togliermi dalla testa che dentro ci sono persone ancora vive e noi non possiamo farle morire così.

«Stiamo tentando il tutto per tutto Nathan e dio solo sa quanto ti capisco, perché anche io ero come te da giovane; non concepivo i fallimenti! Ma ora mi rendo conto che non possiamo fare più di quello che già stiamo facendo.

Jason è morto e molti altri ancora. Dobbiamo cercare di usare la testa per rimanere lucidi, dobbiamo mantenerci vivi e in forze per aiutare chi ancora può essere salvato e non tentare manovre estreme che ci porteranno solo a morte certa, lo capisci ragazzo?».

Parole, parole e ancora parole che entrano nella mia testa ma non si posano lì, volano via come il vento. Ho sempre cercato di lavorare sodo e mai una volta ho messo in pericolo dei miei colleghi, ma chiedermi di non tentare il tutto per tutto è davvero troppo...

Scrivo, ma non sono completamente concentrata e non perché sono le due del mattino, ma perché non riesco a togliermi dalla testa quel sogno. So che non è reale come d'altronde non è reale la storia che sto scrivendo ma...è difficile da spiegare. Sono davvero molto coinvolta e sento un forte trasporto emotivo nei confronti di Nathan e del suo coraggio. Eppure...non esiste, è solo frutto della mia fantasia.

Il sogno poi...era come se sentissi il calore delle fiamme attanagliarmi la gola. Mi mancava il respiro e l'odore di fumo, se mi concentro, mi sembra quasi di percepirlo ancora adesso.

Forse davvero sto impazzendo, forse Davide ha ragione nel dirmi che vivo in un mondo tutto mio. Forse sono io quella sbagliata.

Mi alzo dalla sedia e apro l'armadio. Tiro fuori il libro della nonna che ho portato con me a Torino. In questo momento mi sento davvero vicina a lei, nonostante non l'abbia mai conosciuta. Sento che abbiamo molto in comune, perché sfogliando queste logore pagine capisco che anche lei era una sognatrice attirata da tutto ciò che la faceva evadere dalla realtà, quando magari si sentiva sola e ne aveva bisogno. Spengo il computer e mi siedo sul letto per appoggiarvi sopra questo ingombrante libro. Comincio a sfogliarlo nuovamente.

Tante frasi bellissime sottolineate da mia nonna, frasi d'amore che non puoi dimenticare e che sarebbe bellissimo sentirsi dire. Pozioni d'amore e non solo, che mi fanno sorridere al solo pensiero che mia nonna possa davvero averle preparate. Forse la realtà non è poi così distante dai sogni e dalla fantasia. Forse la realtà è ciò che noi desideriamo e, senza rendercene conto, si trasforma sotto diversi aspetti nella vita di tutti i giorni. Forse siamo proprio noi a creare il nostro destino, nelle gioie, ma anche nel dolore che comunque ti aiuta a crescere e a capire i propri sbagli. Forse non è poi così sbagliato sognare anche se la maggior parte delle volte la realtà ti fa cadere, ma è proprio così che impari a rialzarti, più forte di prima…

13 settembre 2001,
New York

NATHAN

Non ho visuale e neppure la luce della torcia mi è di aiuto. Indosso la mascherina per respirare e ciò nonostante faccio fatica. Tutto quello che ho imparato prima di diventare un vigile del fuoco va via via dissolvendosi dalla mia testa, dai miei pensieri, dalla ragione che mi sta abbandonando sempre più. Le esercitazioni fatte per affrontare al meglio i casi estremi non hanno nulla a che vedere con tutto questo, perché quel che è successo non era assolutamente prevedibile. Le torri, nonostante lo schianto degli aerei, non sarebbero dovute crollare. Erano state costruite per resistere ad ogni tragica eventualità. E così ci troviamo a dover fronteggiare l'ignoto. L'unica speranza a cui mi aggrappo e alla quale ogni essere

umano dovrebbe far sempre ricorso è l'istinto, puro e semplice.
Ed è quello che sto facendo. Sento una voce, un grido quasi
silenzioso e mi stupisco di ciò perché qui è come esser sordi.
Cammino in quella direzione e alla voce lieve e roca si
aggiungono dei colpi fortissimi, colpi di disperazione.
Il tatto, un altro senso che molto spesso si sottovaluta ma che
con questa visuale incerta mi aiuta. Con le mani, nonostante i
guantoni che indosso, riesco a percepire ciò che si stringe
intorno a me. Questi rumori sono sempre più vicini, è la
direzione giusta. Ora sono proprio di fronte.
«C'è qualcuno?», domando, con disperazione. Sento dire sì e
mai parola mi è sembrata più bella. «Sto per buttare giù la
porta. Può spostarsi o è intrappolata?».
«Posso spostarmi».
Nessuna forza superiore mi impedirà di salvare questa persona
intrappolata.
Mi scaravento su questa porta con tutta la forza che mi è
rimasta; la stanchezza sta prendendo il sopravvento su di me.
Con un ultimo calcio violento e deciso la butto giù e senza
neanche sapere quel che mi aspetta qui dentro, mi precipito.
Quel che vedo mi destabilizza ancor di più.
Provo per un attimo quel senso di pace e, quando la sollevo per
portarla via di qui immediatamente, con voce flebile mi dice:
«Sei tu...» e poi crolla esausta..

***

Il mattino seguente…
Chiudo il portatile e mi preparo per andare al lavoro.

Alla fine non ho più dormito. Diciamo che questo sogno alquanto bizzarro l'ho preso come un segno, un piccolo aiuto per la stesura del romanzo.

Lui è un eroe che rischia la vita per salvare vittime innocenti. Lui che salva una giovane e bella donzella in pericolo e poi se ne innamora...Sì, potrebbe essere la strada giusta.

Finalmente quel senso di angoscia va via via scemando, lasciando il posto a quel briciolo di razionalità che c'è ancora in me.

Lascio la ciotola colma d'acqua a Isotta, verso anche alcune delle sue crocchette preferite nel piattino accanto, prendo la giacca, le chiavi e mi do un'ultima sistemata alla frangetta disastrosa, ma non appena sto per mettere il naso fuori di casa uno strano odore richiama la mia attenzione.

«Sembrerebbe odore di bruciato», dico tra me e me. Molto strano visto che non ho acceso i fornelli, farò colazione con Miriam.

Mi guardo un po' intorno, sbircio nuovamente per cercare di capire se non venga da fuori per caso, ma nulla. Proviene proprio da casa. Mi avvicino alla cucina, ma niente fa sospettare alcunché e poi, ad un certo punto, l'odore sparisce. Inspiro a fondo beandomi solo della piacevole fragranza del pout pourri. Guardo Isotta che a sua volta mi scruta come fossi impazzita, faccio spallucce ed esco chiudendomi la porta alle spalle. Per un attimo, ma solo per un attimo ripenso al sogno…

***

Poco più tardi…

«Sembra quasi che tu abbia visto un fantasma», osserva Miriam guardandomi dritta negli occhi.
«Ho avuto solo una brutta settimana».
«Lo sai che quando avrai voglia di parlarne sono qui».
Sospiro profondamente. «Io e Davide ci siamo lasciati definitivamente la sera in cui per poco non ho dato fuoco alla casa che, tra parentesi, non è neppure nostra. Se ne è andato e in questi giorni lascerò l'appartamento. E poi, vediamo, cos'altro...ah, sì! Stanotte ho sognato un incendio e il protagonista del mio romanzo che veniva a salvarmi e, come se non bastasse, prima di uscire di casa ho sentito odore di bruciato. Direi che non sto messa proprio bene».
Miriam mi guarda, sembra impassibile, ma so che non è così. È il suo modo per concentrarsi su quello che sto dicendo e analizzare per bene la situazione.
«Allora, analizziamo». Visto?
«Dunque: sul fatto di dare fuoco alla casa....be' sei un po' distratta ultimamente, ma è tutta colpa di Davide. Quindi, se la casa andava a fuoco era lui il responsabile, punto!». È la mia migliore amica, mi

vuole bene, odia Davide...quindi il ragionamento dal suo punto di vista non fa una grinza.

«Poi, lo sai che puoi venire un po' da me se non vuoi far preoccupare i tuoi genitori e le tue sorelle, così da poter decidere quando raccontare loro i fatti per bene. Altro punto, il sogno è semplicissimo da analizzare: sono le tue paure che affiorano pian piano nel tuo inconscio. I sogni sono un po' le nostre sensazioni amplificate all'ennesima potenza e se ci mettiamo pure che tutti i protagonisti dei nostri bei romanzi sono dei fighi da paura è del tutto normale voler essere salvata da uno di loro, ti pare?».

«Mi sconvolgi sempre più Miriam».

«A dire il vero sconvolgo spesso anche me stessa».

«Ora sarà meglio andare, ho molti ordini per oggi». Ci alziamo dalla sedia ma non appena stiamo per uscire fermo Miriam.

«Che succede, Sofi?».

«Nulla, volevo solo dirti grazie. Grazie della tua amicizia e grazie di strapparmi sempre un sorriso».

«Tu ci sei sempre stata quando ne ho avuto bisogno e adesso è il mio turno». Ci sorridiamo pronte per cominciare un nuovo giorno.

Capitolo 8

24 dicembre 2015,
Torino

SOFIA

La vigilia di Natale è un momento magico. Sin da
quando sono piccolissima aspetto con ansia questi
giorni di festa. L'unica cosa cambiata per me è non
credere più a Babbo Natale, per il resto è tutto come è
sempre stato.
Solo ieri ho parlato con i miei genitori, Giulia e Alice,
della mia rottura con Davide, tralasciando, solo con i
miei, l'incedente con la candela.
Non potevo continuare a nascondere l'evidenza.
Mia madre adorava e adora ancora adesso Davide e,
essendo un po' ottusa, non credo abbia ben compreso i
motivi che ci hanno spinto a non stare più insieme.
Che poi la verità è una e molto semplice: non ci
amiamo più e questo fa sì che qualsiasi cosa dell'altro
crei fastidio.
Quando c'è l'amore qualsiasi problema può essere
affrontato, ma quando viene a mancare questa
componente essenziale non vi è più scampo. Tutto ciò
che avviene intorno finirà e noi non possiamo far altro

che assecondare per lasciarsi nel modo migliore possibile. Cosa che io e Davide purtroppo non abbiamo fatto, cadendo così in quel baratro che quasi ci ha portati a odiarci e non ci darà mai la possibilità di essere almeno amici in futuro. Abbiamo sbagliato, ma non potendo tornare indietro, non ci resta altro che provare ad affrontare al meglio le strade che ci dividono.

La vigilia a casa della mia famiglia è un qualcosa di sensazionale, specialmente da quando io, Giulia e Alice siamo diventate adulte e ognuna ha intrapreso il proprio cammino. Essendo noi una famiglia molto unita devo dire che i nostri genitori hanno sofferto parecchio nel vederci andare via una alla volta. La prima è stata Giulia, poi io e alla fine anche la piccola Alice. Non mi stancherò mai e poi mai di ripetere loro che se ci hanno cresciute così forti e indipendenti devono solo che esserne orgogliosi. Non appena mia madre mi sente parlare così, quel senso di malinconia che la attanaglia spesso nel non averci più a casa con loro si mette un po' da parte, sostituito dall'orgoglio che prova per noi. Anche mio padre stesso problema di mia madre, ma non lo dà assolutamente a vedere. Miriam passerà la vigilia con noi e posso così confermare che la gabbia di matti, quali siamo in senso positivo ovviamente, è ufficialmente aperta.

«Ben arrivate ragazze. Buon Natale, entrate». Mia madre ci accoglie, ma con un finto entusiasmo e posso immaginare senza alcun dubbio il motivo: Davide.

«Che profumino, mamma!», osserva Alice, «possiamo darti una mano a preparare qualcosa?».

«Non preoccupatevi ragazze, è già tutto pronto, godetevi solo la cena».

«Ti aiutiamo dopo con i piatti, allora», affermo.

Mi guarda seria, ahia!

«Veramente...se potessi venire solo un attimo in cucina per...aiutarmi con gli antipasti». E menomale che non aveva bisogno di alcun aiuto. Certo che non ci vuole molto a capire che vuole chiedermi cosa sia successo con Davide. Anche Giulia, Alice e Miriam mi guardano con l'espressione di chi ha capito perfettamente. E non si risparmia neppure Isotta, felice di essere qui con noi e non più a casa con Davide.

La raggiungo in cucina, non ho molta scelta.

«Allora, si può sapere cosa è successo? Mi sembrava andasse tutto bene tra di voi. Davide è un così caro e bravo ragazzo. Perché vi siete lasciati?».

«Mamma, semplicemente le cose non andavano più bene tra di noi. Siamo giovani, può succedere. Quasi non ci sopportavamo più».

«Ma tu lo ami ancora, tesoro?». Bella domanda.

«A volte credo di amarlo a volte no, ma questo dubbio è un segno».

«Mi dispiace amore, spero comunque che questa lontananza potrà esservi d'aiuto per capire. Se vuoi venire qui da noi per un po' ne saremo felici io e papà, lo sai».

«Grazie mamma, ma pensavo di trasferirmi per qualche tempo a San Giacomo. Ne parlerò anche con Giulia e Alice. Davide ha già affittato l'appartamento e da oggi sono una nomade», le dico accentuando questa parola in maniera divertente per farla sorridere.

«Ma come, proprio la vigilia? Non me lo aspettavo da lui».

«Nessun problema mamma, sono felice di stare lì. E poi in questi giorni non lavoro e posso dedicarmi alla lettura e al mio romanzo».

«Ed io sono felice di questa tua passione, sono solo preoccupata perché finite le feste come potrai fare tutti quei chilometri in macchina per andare al lavoro? Da San Giacomo a Torino è molta strada, tesoro».

Mi avvicino e le do un bacio affettuoso sulla guancia.

«Mamma, non sarà per sempre ovviamente, per il momento però è ciò che voglio più di qualsiasi altra cosa. Per me quella casa significa tanto». Mia madre si è visibilmente rasserenata.

«Ci sono molti bei ricordi».

«Eh già», confermo.

«L'importante è che tu sia felice».

«E lo sarò di nuovo, molto presto».

«Eccomi...ah, ciao Sofia». La voce baritonale di mio padre mi fa sobbalzare.

«Ciao papà, mi chiedevo dove fossi».

«Sono sceso giù in cantina a prendere del vino. Il signor Tito mi ha portato proprio una settimana fa quello fatto da lui. Proviene dai suoi vigneti».

«Carlo, tesoro, mi raccomando solo di non alzare il gomito, intesi?».

«Ma Loretta non devo mica guidare, su!». Mia madre alza gli occhi al cielo esasperata ed io non posso fare a meno di sorridere dei loro continui battibecchi. Quando siamo a tavola e davanti a noi abbiamo un'infinità di antipasti che potrebbero saziare un intero reggimento e il profumo delle lasagne che arriva dritto dritto a solleticare il nostro naso, non posso fare a meno di guardarmi intorno e pensare a quanto sono fortunata. La storia con Davide è finita e va bene, avrò alti e bassi, non posso neppure far finta che non mi manchi in questa situazione di festa. Ma la mia famiglia è qui, ci sarà sempre per me, io ci sarò sempre per loro, ed è tutto ciò che conta davvero.

«Allora..». Mio padre alza il bicchiere, perché come nostra tradizione è sempre lui a cominciare il brindisi. È sempre stato così sin da quando siamo piccole, ed io la trovo una bella cosa. Apprezzo molto anche il fatto che non mi abbia chiesto nulla di quello che è successo. Anche questa una tradizione, se così si può chiamare. Il classico papà che non si intromette negli affari amorosi delle figlie, perché sa che c'è la mamma che si interessa di queste cose e alla quale può chiedere.

Diciamo che siamo la classica famiglia all'antica.

«Un altro anno è quasi terminato e voi sapete quanto tengo alle tradizioni e quanto mi renda felice avervi qui per la vigilia di Natale. Cin cin».

«Cin cin», diciamo tutte in coro.

«Papà», esordisce Alice, «ti rendi conto che ripeti sempre la stessa frase ogni santo Natale?». Se è per questo anche Alice gli pone sempre la stessa domanda, anche questo è un rito, un modo per stuzzicare quell'omone che è mio padre. E noi non possiamo fare a meno di ridere con gusto.

Anche lo scambio dei regali è a dir poco memorabile. Specialmente nel vedere Giulia essere al settimo cielo per un regalo che Alice trova davvero assurdo, come una agenda per scriverci sopra gli appuntamenti.

In realtà nessuna delle tre ha chiesto poi chissà cosa, abituate sin da piccole ad avere il necessario, basta poco ad entusiasmarci e questo vale anche per Alice. Miriam non è da meno; entusiasta del suo maglione e, conoscendola, credo che lo toglierà solo per lavarlo! Una serata perfetta, ma semplice, come d'altronde siamo tutti noi. Una vita come tanti, molto serena e non credo che chissà quali eventi potranno accadere e rivoluzionare la nostra tranquillità.

***

25 dicembre 2015,
San Giacomo

Verso sera...

SOFIA

Siamo state dai miei anche per il pranzo di Natale e,
come immaginavo, Giulia e Alice hanno cercato in
tutti i modi di convincermi a stare da una di loro, ma
sanno anche quanto abbia bisogno di rimanere un po'
da sola e alla fine hanno capito. Ci preoccupiamo
l'una dell'altra, il nostro legame è davvero forte e
l'idea di non poter sempre essere un supporto o una
spalla su cui piangere, ogni tanto fa male.
In questi giorni mi dedicherò alla lettura delle storie
che tanto amo e al mio romanzo. Farò anche piacevoli
passeggiate nel sentiero che porta al bosco delle fate.
Non ve ne avevo ancora parlato, giusto? Amo quel
posto. Ogni autunno eravamo soliti raccogliere le
castagne che poi, tante volte, accumulavamo con le
altre persone del paese, sia i villeggianti come me e la
mia famiglia, sia chi ha la fortuna di vivere qui tutto
l'anno, per la festa che si tiene sempre ogni ultima
settimana di ottobre. Lungo la strada vengono allestiti
banchetti con ogni specialità piemontese; dal miele, ai
salumi, ai vini, sino ai dolcetti tipici e vengono
preparate sul momento le caldarroste.

Proprio in autunno il bosco delle fate è a dir poco
incantevole e mistico, grazie ai colori delle foglie che
cadono dagli alberi e che danno quel tocco di mistero.
È proprio per questo che, negli anni addietro, i nostri
avi lo avevano chiamato così, costruendo intorno ad
esso meravigliose leggende magiche.
Nostra madre ci diceva da bambine, per quel poco che
ricordo, che la nonna le raccontava spesso storie
meravigliose riguardo questo bosco e lei ne rimaneva
sempre incantata. Ma adesso, essendo una donna
adulta e noi cresciute, l'unica cosa che dice ogni tanto
è che la nonna era un po' strana. Tutto qui, niente di
più e niente di meno. Forse, non avendo più noi a casa
a cui pensare, ricordare e parlare di sua mamma tanto
e spesso, come faceva quando eravamo piccole, la fa
sentire ancor più malinconia. È così, sicuramente.
Peccato non averla conosciuta. Da quando Alice ha
trovato il suo libro misterioso in soffitta la sento molto
più vicina, perché una parte di lei, del modo in cui
sorrideva alla vita, mi trasmette belle sensazioni.
Apro il suo libro e ritorno proprio su quella pagina,
che tanto mi aveva colpita, la sera in cui anche Giulia
e Alice erano qui con me. Mi ha fatta sorridere
leggere questa formula d'amore, se così si può
chiamare. Sono anche un po' commossa. Forse io e la
nonna siamo molto simili e se fosse ancora qui con
noi nessuno meglio di lei capirebbe l'irrefrenabile
voglia di pronunciare queste parole così semplici, ma

che tanto mi attirano e racchiudono davvero in sé qualcosa di magico. Voglio crederlo possibile...

♥Il vero Amore♥

Un posto molto, molto speciale dove pensare.
Cinque semplici parole: tu sei il mio cuore.
Questa casa è un posto speciale dove pensare, ma domattina andrò in un posto altrettanto speciale che racchiude in sé ancor più magia e dove sentirò la nonna ancora più vicina…

14 settembre 2001,
New York

NATHAN

Praticamente è come aver subito una violenza.
Me l'hanno strappata via dalle mani, di questo si tratta e nulla più. So che è stata portata dai medici in ospedale, non c'era altra scelta. Ma non so cosa mi succede. Non volevo lasciarla andare.
Saprò mai qualcosa di lei? Il suo nome, mi basta anche solo questo. Avrei tanto voluto salire sull'ambulanza, ma non ho potuto, perché come sono riuscito a salvare lei, potrò salvare molte altre persone.
Mi ha guardato negli occhi per pochissimi secondi e mi ha detto «sei tu..», prima di perdere i sensi. Chissà cosa voleva

dire. Forse in quei momenti in cui la speranza sta per abbandonarti e la paura si prende gioco di te, la nostra mente ci fa vedere chi vorremmo vicino in quel momento. Non saprei altrimenti quale spiegazione darmi e poi il mio viso si intuiva appena a causa della mascherina.
Forse è solo la pazzia del momento, perché in fondo, anche io sto diventando pazzo. È come se lei fosse sempre con me, in me, nella mia mente e nel mio cuore, proprio in quei momenti surreali in cui mi sento, anche se per poco, felice e sereno.

***

26 dicembre 2015,
San Giacomo

La mattina…

Ho scritto sino a tardi e poi mi sono addormentata serena. Ho riposato come non mi succedeva ormai da parecchi mesi. Questo progetto mi rende davvero felice e il pensiero di avere qualche giorno tutto per me mi entusiasma molto, perché ho davvero molte idee su come procedere con il romanzo. Anche Isotta sembra più tranquilla da quando Davide non fa più parte della nostra vita. Sento ancora la sua mancanza, nonostante mi renda perfettamente conto di non amarlo più.
Quando subentra l'abitudine dello stare insieme, in

una coppia, i veri sentimenti che proviamo si confondono con l'amore, ma non è così. Le abitudini, purtroppo, possono essere davvero forvianti e avere il potere di farti provare paura nell'affrontare un cambiamento. Quando, invece, è proprio il cambiamento la chiave per ritrovare il buonumore e la felicità, per entrambe le parti.

Cambio l'acqua alla ciotola di Isotta, sistemo il letto e mi preparo per uscire. Fa molto freddo, ma poco importa, perché l'aria frizzante di San Giacomo è davvero rigenerante.

Accarezzo Isotta che, entusiasta, si accoccola sul divano aspettando il mio ritorno.

Mentre passeggio per arrivare al bosco delle fate penso a come poter procedere con la storia.

Mi piace molto la piega che sta prendendo e penso sia davvero un'ottima idea seguire l'istinto.

Lungo il sentiero, vengo terribilmente attratta dai fiori bianchi di montagna. Ne raccolgo qualcuno da portare a casa e sistemare in un vasetto sul davanzale della finestra e raccolgo anche una manciata di petali caduti a terra da conservare e utilizzare per profumare i cassetti. Non appena mi addentro nel bosco delle fate è come se venissi catapultata in un universo parallelo. Mi ha sempre fatto questo effetto sin da piccolissima, è davvero magico. Mi appoggio al grande tronco dell'albero secolare, che è situato proprio al centro e subito mi vengono in mente le parole del libro della nonna.

Un posto molto, molto speciale dove pensare..

Ed è proprio così. Tanti pensieri si intrufolano prepotenti nella mia mente, ma purtroppo non solo piacevoli. Quelle discussioni con Davide e il suo modo di rivolgersi a me, che tanto mi ha ferita. Scrollo fortemente il capo come a voler cacciare via tutto, ma c'è solo un modo per trovare sollievo. Così, come se fosse la cosa più naturale, pronuncio quelle parole del libro. Chiudo gli occhi e soffio via quattro petali di fiori appena raccolti. Ed ecco che i pensieri negativi cominciano a trasformarsi in ricordi piacevoli.

Forse sarò anche pazza, ma se è questa la pazzia, se ci è voluto così poco per sentirsi meglio, allora ben venga…

25 settembre 2001,
New York

NATHAN

Per qualche giorno non potrò prestare servizio e la cosa mi fa abbastanza incazzare. Io, come molti altri vigili del fuoco, siamo stati visitati per capire le nostre condizioni fisiche e psicologiche. Ho cercato, per quello che mi è stato possibile, di rispettare per lo meno le norme basilari imposte. Ho indossato tutte le protezioni, la mascherina, ecc...ecc.., proprio come un bravo soldatino. Siccome ho prestato troppe ore di servizio consecutive, i medici hanno deciso per me. Dovrò stare a riposo per un po', anche perché quel che ho respirato, nonostante tutto sia a norma per proteggerti, è comunque sufficiente a mettere a repentaglio la propria salute. Come se me ne importasse qualcosa della mia salute! Per me è come se già fossi morto.

Poi non mi piace avere tempo libero, perché mi porta a riflettere e a pensare...e pensare...ad una serie di cose inutili e superflue.

Potrei anche passare qualche ora in piacevole compagnia di una bella ragazza, ma nulla! Perché i miei pensieri corrono via veloci per raggiungere lei. La ragazza misteriosa che ho salvato dalle fiamme. Non so nulla, ho cercato di informarmi, ma nessuno ha saputo darmi una risposta. È come se si fosse dissolta nel nulla o, addirittura, non fosse mai esistita...

Capitolo 9

27 dicembre 2015,
San Giacomo

SOFIA

Se questo è un sogno non voglio svegliarmi più. Mi
concentro per continuare a dormire, ma i miei occhi
proprio non ne vogliono sapere di rimanere chiusi. Sto
facendo un sogno bellissimo anche se non capisco
bene di cosa si tratta. Sento una piacevole sensazione
di calore e tranquillità tutta intorno al mio corpo e un
profumo che inebria i miei sensi. Nulla da fare:
comincio a stiracchiarmi, ma con fatica, perché a
quanto pare Isotta, come sempre fa, mi puntella le sue
zampette sul fianco visto che molto spesso, durante la
notte, si accoccola vicino a me per dormire. Anche se,
be', questa volta faccio una gran fatica a spostarla. Mi
giro dal lato destro del letto e non subito metto a
fuoco, perché i raggi del sole invadono
prepotentemente la stanza. Come al solito ho
dimenticato di chiudere le persiane. Mi stropiccio gli
occhi e mi rendo conto che forse sto ancora sognando,
perché se ciò che i miei occhi vedono è reale credo
che dovrei spaventarmi a morte e scappare via. Ma

non ne ho la forza e no, non sto sognando. Oh mio dio! Sono paralizzata dalla paura e completamente sotto shock, anche perché

no, non è Davide il ragazzo mezzo nudo sdraiato di fianco a me.

Non respiro più. Cerco di compiere movimenti controllati. Mi siedo mentre stringo il lenzuolo così forte da sentire dolore alle mani e tremo come una foglia.

Ad un certo punto, il ragazzo seminudo nel mio letto si muove. È sdraiato a pancia sotto con la testa affondata nel cuscino, quindi non lo vedo in viso. Mi muovo ancora con movimenti controllati e cerco di alzarmi, ma i miei tentativi sono vani. All'improvviso, solleva la testa, si strofina il viso in maniera adorabile, adorabile? Ma come posso avere questo pensiero in un momento del genere? L'unica spiegazione logica è che io stia ancora dormendo e sognando sul serio. Anche Isotta mi sembra troppo serena e a suo agio con questo ragazzo nel mio letto, non scappa spaventata. Ma sì, penso sorridendo, è solo un sogno. Ora mi do un pizzicotto così mi sveglio. AHI!! No, non è un sogno..

Si solleva girandosi di scatto e ci ritroviamo così, occhi negli occhi..

Capitolo 10

NATHAN

Che strana sensazione. Sto dormendo serenamente e
quasi mi dispiace svegliarmi, ma gli occhi vivono di
vita propria quando torni dal mondo dei sogni. È
l'unico gesto sul quale non possiamo avere il
controllo, il più naturale e spontaneo. Non appena mi
sveglio ho come la sensazione di non essere solo e
capisco subito che devo aver dormito con qualcuna e
credo proprio che farò una misera figura non
ricordando il nome della fanciulla con cui avrò fatto
sesso tutta la notte. Sollevo il viso dal cuscino, ma nel
guardarmi attorno mi rendo subito conto di non essere
a casa mia. Avrò alzato un po' il gomito ieri sera? Per
via del lavoro non ho di certo l'abitudine di bere, ma
essendo fuori servizio per qualche giorno sarà bastata
una birra a farmi ubriacare. Il fatto è che non mi
ricordo nulla. L'unico modo per capire è alzarmi e
vedere intanto chi è la deliziosa fanciulla che
gentilmente si è donata a me.
Oh! Deliziosa non è proprio il termine esatto. Credo
di non aver mai visto occhi così grandi ed espressivi
in vita mia e poi ha un viso familiare. Mi avvicino per
osservarla meglio e...sì! Sembra proprio lei, oppure le
somiglia tantissimo e proprio per questo l'ho

abbordata al locale. Anche lei mi guarda, ma sembra completamente paralizzata...dalla paura? Direi di sì, perché trema come una foglia. Sono il primo a spezzare il silenzio.

«Perché tremi così?». Continua a guardarmi, ma non parla.

«Mi dispiace, forse...eravamo un po' brilli ieri sera al locale e magari non ci siamo neppure presentati. Io sono..». Non mi lascia il tempo di presentarmi.

«No, non dire nulla!». Si copre il viso con entrambe le mani. «Questo è solamente un sogno, perché io non abbordo ragazzi in locali, primo perché qui non ci sono locali e secondo perché ieri sera ero casa a scrivere». Ripete questa frase due volte, come se sperasse che io non esista veramente, ma quando mi guarda e si rende conto che sono qui, ed esisto, comincia a piangere. La sua voce mi è familiare, è lei, ne sono sicuro, è la ragazza che ho salvato dalle fiamme. Ma come fa ad essere qui con me, bellissima e perfetta come se nulla le fosse successo? Che sia davvero una che le somiglia molto? Sono completamente sottosopra.

Mi punta un dito contro. «Tu non esisti, non sei reale, Nathan!».

È lei, ne sono sicuro...

Capitolo 11

SOFIA

Non è possibile, non è possibile! Ma perché l'ho chiamato Nathan? Certo, lo immagino proprio così mentre scrivo di lui, ma insomma! Santo cielo, fa che io mi svegli subito, perché questo è solo un incubo. Oppure, il bastardo si è introdotto in casa mia mentre dormivo, mi ha drogata, ed ora non ricordo nulla. Non ragiono più, l'unica soluzione è scappare via. Con uno scatto improvviso cerco di andare incontro a Isotta per prenderla e correre via di qui il più velocemente possibile per cercare aiuto. Comincio a urlare come una pazza, ma non serve a nulla, perché oggi nella palazzina ci sono soltanto io. La mia anziana vicina è via per le feste, a casa dei nipoti. Isotta scappa per non farsi prendere. Sembra completamente a suo agio e mi guarda da sotto il tavolo come se fossi io quella pazza a credere che ci sia davvero qualcosa che non va.
Il ragazzo misterioso si alza a sua volta e mi viene incontro. Mi blocca le spalle con le mani ed io mi paralizzo ancora di più.
«Guardami», mi dice, ed io lo faccio. «non voglio farti del male!». Il suo tono di voce è così forte e autoritario, ma al tempo stesso rassicurante.

«Noi...noi...non ci siamo conosciuti in nessun locale, non è possibile. Io non bevo e non porto a casa mia ragazzi ubriachi per passarci la notte insieme. Non ti sembra strano che nessuno dei due abbia il benché minimo ricordo?». Mi guarda, ma non dice nulla. Continua a tenermi ferma.

«Tu non sei reale!», ripeto. Mi lascia andare in maniera brusca, per sedersi sul bordo del letto e appoggiare i gomiti sulle gambe. Si porta la testa tra le mani. E se mia nonna avesse avuto davvero ragione? Se la magia esiste? Ho pronunciato le parole del suo libro. Ho unito inesorabilmente la fantasia e la magia. Purtroppo non esiste altra spiegazione. Lui è Nathan e io sono Sofia, e questa è davvero l'unica certezza in questa situazione assolutamente folle e fuori dal mio controllo.

Capitolo 12

NATHAN

Sono qui, in una stanza con una ragazza che chiunque al mio posto additerebbe come pazza e invece la ascolto e cerco di tranquillizzarla. Dovrei andarmene, ma non lo faccio. Sono sicuro che lei sia la ragazza che ho salvato dalle fiamme, nonostante mi renda perfettamente conto dell'assurdità della mia convinzione.

Sollevo il viso per guardarla nuovamente.

«Io sono reale invece, proprio come lo sei tu». Mi sollevo e mi avvicino a lei. «Come ti chiami?».

«Sofia».

«Sofia..», ripeto con un filo di voce, «Tu sei la ragazza che ho salvato. Eri intrappolata. Ho pochissimi ricordi, ma non dimenticherò mai il tuo viso. Sei tu, vero? Quando ti ho trovata mi hai detto qualcosa, ricordi?». La vedo davvero sconvolta, nonostante stia cercando di mantenere una calma apparente.

«Sì», mi risponde con un filo di voce.

Sorrido, è davvero lei. Le sfioro il viso con il dorso della mano e il fatto che non si scosti mi riempie il cuore di gioia.

«Perché mi hai detto: sei tu..».

«Perché tu Nathan...sei solo il frutto della mia fantasia e dei miei sogni».

Sorrido, non posso farne a meno, è davvero adorabile!

«Grazie per il complimento». Sembra perplessa.

«Oh, no, non era un complimento, sai? Sei davvero frutto della mia fantasia e dei miei sogni, perché sono stata io a crearti».

Ok, forse è davvero pazza o forse è solamente ancora sotto shock per via di quello che le è capitato. Ha rischiato la vita in quelle torri. Posso capire il suo stato d'animo. L'unica cosa che non so spiegarmi e che davvero mi dispiace, è il fatto di non ricordarmi il nostro incontro di ieri sera: ubriacarmi e incontrare proprio in quelle condizioni l'unica donna che ha animato i miei pensieri rendendoli vivi in questo periodo davvero orribile.

«Sono dispiaciuto. Sto passando un periodo non facile e non immagini quanto avrei voluto incontrarti in circostanze diverse. Ho provato a cercarti, volevo venire in ospedale a trovarti per vedere come stavi, ma non ti ho più trovata. Era come se fossi sparita, nessuno sapeva di te».

«Perché io non faccio parte del tuo mondo, io sono reale. Aspetta, voglio mostrarti una cosa». La guardo perplesso mentre sale al piano di sopra a prendere chissà cosa, è davvero strana. Quando però si gira, una sola volta, mentre sale le scale, un lieve rossore le appare in viso. Avrei solo una gran voglia di baciarla. Non mi importa più dei suoi strani discorsi. Come posso non ricordare nulla della nostra notte? Forse non abbiamo fatto nulla. Evidentemente ero davvero sbronzo. Sono sicuro che se avessi fatto l'amore con lei me ne ricorderei, eccome. Mi allontano un attimo per recuperare i miei vestiti, mentre aspetto che ritorni, ma non li trovo.

«Hai visto dove ho messo i miei vestiti?».

Torna giù con un libro tra le mani e lo appoggia sul letto, poi si allontana di nuovo per andare verso il piccolo armadio. Lo apre e tira fuori una tuta da jogging.

«Tieni, dovrebbe andarti bene».

«Ma, i miei vestiti dove sono?».

«Non hai vestiti Nathan».

Ok, questa è davvero una situazione bizzarra.

«Assurdo, non vado di certo in giro in mutande». Mi osserva imbarazzata. Quel lieve rossore sulle guance mi fa impazzire sul serio.

«Non tanto assurdo come quello che sto per dirti».

Indosso la tuta da jogging, ma quasi ci scoppio dentro.

«Di chi è?».

«Del mio ex fidanzato. Mi dispiace, ma non ho nulla della tua taglia. Davide è molto magro e tu...».

«E io cosa?», le sorrido divertito. Il suo imbarazzo è davvero adorabile.

«Be'. sì, lo sai, su. Non c'è bisogno che sia io a

dirtelo».

«Ma io voglio sentirlo da te», continuo, accentuando ancora di più il mio sorriso.

«Sei esasperante, ho creato un mostro!». A questa affermazione rimango perplesso, ma cerco di non darlo a vedere. Credo che anche lei si renda conto di essere davvero strana. Sbuffa esasperata.

«E va bene. Sei molto muscoloso e mi ricordi una di quelle divinità. Sei come un dio dell'olimpo! Ora, credo di essere stata chiara, insomma».

«Perfetta, direi».

«Adesso spostati che chiudo il divano letto.», bofonchia tra sé e sé rossa come un peperone, « Ora puoi sederti. Voglio mostrarti una cosa, spiegarti come siamo finiti in questa situazione e trovare così il modo di far tornare tutto come prima. Ci sarà un incantesimo che ristabilisca gli equilibri. Come ti ho fatto arrivare qui, ci sarà anche un modo per farti tornare indietro».

Non la seguo più, ma è talmente bella con quella camicia da notte corta e le pantofole enormi a forma di coniglio, che potrebbe dire tutto ciò che vuole ed io la ascolterei.

Capitolo 13

SOFIA

Dio del cielo! E adesso, cosa faccio? Non posso neppure parlarne con qualcuno. Credo che anche mia sorella Alice mi prenderebbe per pazza se le raccontassi questa assurdità. Ok, devo mantenere la calma e accertarmi che questa sia davvero la situazione che penso che sia.

Sto ancora tremando mentre mi avvicino al divano dove è seduto...Nathan? Oh mamma santa! E se ieri sera fossi uscita e avessi rimorchiato questo tizio? Ma che diavolo dico! Per come sono fatta io è davvero più probabile che il protagonista del mio romanzo sia proprio qui davanti a me grazie ad una formula magica, piuttosto che l'ipotesi del rimorchio in un bar.

«Allora? Sto aspettando la tua bizzarra spiegazione sul nostro incontro, bellissima creatura».

Bellissima creatura? Lo dice in un modo così dolce e profondo che quasi mi cedono le gambe.

Mi siedo di fianco a lui.

«Allora, so che quello che sto per dirti ti farà scappare via a gambe levate, ma ti prego di non farlo finché non avrò finito di spiegarti accuratamente la situazione».

«Ti ascolto», continua con quello sguardo serio e profondo.

«Bene», apro il libro e comincio a spiegare quello che per me è successo davvero. Ne sono certa.

«Sto scrivendo un romanzo e parla di un vigile del fuoco che si trova a dover fronteggiare il disastro avvenuto a New York l'11 settembre del 2001».

«Ok, con questo cosa vuoi dire che...ti stai ispirando a me? È per questo che quando ti ho salvata mi hai detto sei tu? Ti ho ricordato il protagonista?».

«Noooo, dio quanto è difficile!».

«Provaci, ti ascolto».

Prendo fiato.

«Oggi è il 27 dicembre 2015, siamo in Italia e tu non esisti davvero, sei solo un personaggio di cui parlo nel mio romanzo ambientato a New York nel 2001. Questo che vedi è un libro di magia lasciato a me e alle mie sorelle da mia nonna e, presa dalla curiosità, ho pronunciato una formula magica e...ora tu sei qui».

Ho gli occhi serrati, mentre cerco di riprendere fiato. Li riapro solo un po' alla volta per vedere la sua reazione. Sembra sconvolto, ma ad un certo punto comincia a ridere di gusto.

«Tu» e continua a ridere facendo fatica a parlare, «tu», mi dice ancora, «tu» e improvvisamente si ricompone avvicinandosi ancora di più a me, siamo occhi negli occhi, «tu, con il tuo bizzarro senso dell'umorismo, sei un raggio di luce in questo

momento così buio della mia vita. Era tanto che non sorridevo così, senza pensare a nulla, se non ha te».
Non mi muovo, sono come paralizzata.
Mi prende il viso tra le mani e mi bacia con una dolcezza incredibile che subito si trasforma in passione, ed io lo lascio fare.
Quando stacca le sue labbra dalle mie per riprendere fiato, ho di nuovo gli occhi chiusi e la bocca protesa verso di lui, senza alcuna vergogna. Con la speranza che non si tratti più di un sogno, questa volta.
«Credi ancora che non sia reale mia bellissima creatura?», mi domanda a fior di labbra. Riapro gli occhi pian piano.
«Credi ancora che se non fossimo davvero qui, così vicini, potrei baciarti come ho appena fatto?». Siamo sempre occhi negli occhi.
«Credi ancora», mi dice, mentre sfiora le mie labbra con un gesto del pollice, «che se non fossi reale la tua bellissima pelle di porcellana scotterebbe così?».
Ed è vero ciò che dice, perché quello che sto vivendo in questo preciso istante è tutto reale, per il momento almeno. Ma non potrà essere così ancora per molto e quando si renderà conto e capirà che tutto quello che gli ho appena detto è vero, credo che mi odierà..

Capitolo 14

NATHAN

Sofia...so che può sembrare strano, ma mi sembra di conoscerla da sempre. Nell'assurdità di quel che fino ad ora mi ha raccontato un' unica verità c'è: mi ha creato davvero, perché da quando mi sono imbattuto in lei, da quando l'ho salvata, mi sono sentito diverso. Come se fosse solo e soltanto lei a muovermi e a gestire la mia vita, a farmi sentire vivo. Non so perché abbia tirato fuori la storia della magia o altre assurdità del genere, ma non mi importa molto a dire il vero. Forse lei crede in queste cose e se è convinta di non avermi incontrato ieri sera in quel locale e di non avermi portato qui, a casa sua, non sarò certo io a far crollare il suo castello di carta. In fondo non devo dimenticare che ha subito un forte shock, ha rischiato di morire e forse credere in un po' di magia la fa sentire bene, tutto qui. Poi ha detto di essere una scrittrice e anche per questo la sua fantasia non ha limiti. Avremo tempo, spero, di parlarne ancora e di chiarirci. Per me, l'unica cosa davvero bizzarra è che entrambi non ricordiamo nulla della notte passata assieme. Ma come diavolo è possibile? Oltretutto nessuno dei due ha i postumi di una sbornia.
La sto baciando ancora e ancora , finché non è lei a

scostarsi da me. La vedo davvero sconvolta.

«Nathan c'è un'altra cosa che devo farti vedere, forse così capirai che non sono pazza, ma quello che ti sto dicendo è tutto vero». Si alza e si avvicina al tavolo della cucina per prendere il computer portatile che è poggiato sopra.

«Devo farti leggere quel che sto scrivendo, così capirai».

Non ho neppure il tempo di replicare, perché qualcuno comincia a bussare con forza alla porta.

«Sofia, apri per favore, ho bisogno di parlarti!». Al suono di questa voce Sofia diventa ancor più pallida. Che sia l'ex ragazzo proprietario di questa tuta striminzita?

«Oh mio dio. Ti devi nascondere, presto!». Mi si precipita addosso con una tale forza che quasi resto stupito.

«Oh no, io non mi nascondo. Hai detto che hai un EX ragazzo, quindi, non vedo il problema. Perché sei così spaventata?».

«Ci siamo lasciati pochi giorni fa ed ora mi trova qui con un perfetto sconosciuto. Non sono spaventata, solo non mi va di dare spiegazioni, specialmente quando ti trovi nella situazione più assurda e inverosimile che sia mai capitata. Grazie nonna, grazie tante!», dice infine con enfasi, guardando il soffitto e sollevando le mani al cielo.

Non posso fare a meno di sorridere.

«E adesso cosa c'entra tua nonna?», continuo a
parlarle non curante del fatto che stia cercando in tutti
i modi di farmi alzare dal divano e spingermi via.
Decido di alzarmi di mia spontanea volontà e quando
la sovrasto e si accorge di non arrivarmi neppure alle
spalle, si blocca esasperata.
«Oh, mio dio, ho creato per davvero un mostro. Tu mi
vuoi male, non ho altra spiegazione!».
«Sofia, so che ci sei, apri! Con chi diavolo stai
parlando?».
«Ti prego, ti prego, vai di sopra in soffitta, non farti
trovare qui. Solo il tempo di mandarlo via.».
Non mi va proprio, ma la accontento e mi faccio da
parte salendo sulla scala che mi porterà al piano di
sopra di questa minuscola casa di montagna e dove
trovo una bellissima gatta nera che comincia a farmi
le fusa e che penso sia perfetta come compagna per la
misteriosa Sofia. Un'altra cosa certa di questa assurda
situazione è che sono fuori New York, perché questa
non è un'abitazione da grande metropoli. Spero
almeno di riuscire a parlare con lei senza che tiri più
fuori qualche altra stramberia, per lo meno vorrei
sapere dove diavolo mi trovo. Non chiedo troppo in
fondo.

Capitolo 15

SOFIA

E adesso, cosa vorrà Davide? Sono completamente
nel panico, ma non ho altra scelta: devo aprire e
liquidarlo immediatamente.
Cerco di ricompormi per quel che mi è possibile,
emettendo un respiro profondo mentre apro la porta.
Entra come un pazzo.
«Con chi diavolo stavi parlando?».
«Buongiorno anche a te», dico sottovoce, storcendo il
naso.
«Stavo parlando con Isotta, Davide».
«Non prendermi per il culo, Sofi!».
«Non ti sto prendendo in giro». So di essere poco
credibile, ma è il meglio che posso fare in questa
assurda situazione.
Continua a guardarsi intorno sospettoso.
«Cosa ci fai qui?», gli domando.
«Avevo bisogno di parlarti Sofia», mi dice nel mentre
sprofonda sul divano. Brutto segno, si è accomodato
ed io non riuscirò a liberarmene facilmente. Ma si può
essere più sfigate di così? Quante volte, negli ultimi
mesi, ho provato ad avere un dialogo con lui e mai
una volta che sia riuscita a tirar fuori dalla sua bocca

qualcosa. Ed ora che mi trovo in questa situazione da film di fantascienza degli anni ottanta, vuole parlare. Ma porca di quella porcaccia di una miseria!

«Mi sembra che tu sia stato già abbastanza chiaro, non credi?».

Mi rivolge uno sguardo da cane bastonato, quasi non lo riconosco. A quanto pare sono stata per due anni insieme ad una specie di dottor Jekyll e Mr Hyde.

«Siediti qui, vicino a me, per favore».

«No Davide». Sono completamente nel panico.

Si alza dal divano e mi viene incontro. Mi sfiora il viso col dorso della mano. Sono paralizzata. Ma non perché io senta nei suoi confronti quella scintilla, ma perché la sua vicinanza mi infastidisce. Non lo amo più e questo è un segnale tangibile.

«In queste due settimane ho capito di aver sbagliato e mi sono reso conto che ti amo ancora».

Altro che sogno assurdo, tutto questo è un incubo!

«Non è possibile Davide. Non ti credo, avevamo seri problemi e non si può cancellare tutto con un semplice mi sei mancata e ti amo ancora». Scosto la sua mano dal mio viso.

«Non fare tanto la difficile, lo so che mi ami anche tu».

Emetto un profondo respiro e cerco di calmarmi, perché nonostante al piano di sopra ci sia un personaggio che magicamente è uscito fuori dal mio romanzo, questa storia di Davide che così, come se

79

niente fosse, mi dice di amarmi ancora dopo tutte le parole e gli atteggiamenti non proprio simpatici degli ultimi mesi, mi sembra ancora più assurda e inverosimile.

Gli volto le spalle, sbuffando sonoramente, e mi allontano. Ma non faccio in tempo, perché mi afferra un braccio, obbligandomi a girarmi verso di lui.

«Davide smettila, mi stai facendo male, lasciami!», gli dico con enfasi.

Non mi ascolta e prova a rubarmi un bacio.

«Davide, ma cosa fai, smettila subito!».

Cerco di spingerlo via, ma non ci riesco. Non faccio in tempo a rendermi conto di nulla che in un attimo lo sento allontanarsi da me e quando realizzo, vedo Nathan che lo spinge via. Si guardano in cagnesco. Davide, dopo qualche secondo di esitazione, si rivolge a me.

«E questo chi cazzo è?».

E adesso? Cosa potrei dirgli? La verità? Direi di no, visto che anche lo stesso Nathan non si rende conto che tutto quello che gli ho raccontato è vero.

«Sono un suo amico», gli risponde Nathan per me, «e ti consiglio di andartene subito via di qui».

Davide è visibilmente sconvolto.

«Un suo amico che indossa i miei vestiti e che a quanto pare si sta scopando la mia donna».

«Da quello che ho capito non è più la tua DONNA», gli risponde Nathan, sottolineando la parola donna, come se fosse infastidito e nauseato dal termine utilizzato, come se fossi un oggetto di sua proprietà. E sono sicuro che abbia pensato a questo, perché Nathan è nella mia mente e nella mia fantasia. È una parte di me..

Davide lo ignora e prova a riavvicinarsi a me. Mossa sbagliata. Perché Nathan lo blocca immediatamente e comincia così una violenta colluttazione. Sono nel panico più totale e il mio urlare per intimare loro di smettere è solo uno spreco inutile di fiato. Ad un certo punto, dalle scale, vedo scendere Isotta che come una furia salta sul tavolo per poi sobbalzare proprio addosso a loro. Li graffia in viso. Si lancia poi sul pavimento e corre via per nascondersi dietro il divano. E funziona! La mia gatta, di appena poco più di 5 chili, è saltata addosso a due uomini che si stavano malmenando ed è riuscita a fermarli. Forse, e dico forse, sono la protagonista del film Incontri ravvicinati del terzo tipo e non me ne sono accorta? Essere sconvolta non rende assolutamente l'idea della situazione al di fuori della ragione in cui mi trovo. Anche Nathan e Davide sembrano sorpresi di essere stati messi al tappeto da un gatto e non sanno ancora nulla di quello che so io. Di sicuro Davide, perché cercherò di rimettere tutto al proprio posto e di ristabilire un equilibrio. Devo farcela, non ho altra soluzione.

Davide cerca di ricomporsi, per quel che è possibile.

Ha il respiro ansante e gli occhi fuori dalle orbite.
Si allontana e, non appena è davanti alla porta di casa,
si gira verso di me portandosi una mano sul viso,
proprio dove Isotta lo ha graffiato.
«Per tutto questo tempo ho creduto che fossi una
ragazza perfetta con la quale stare», mi dice con un
sorriso quasi diabolico, «tranquilla, pacata, dolce,
amorevole, servizievole e abbastanza insignificante.
Proprio la fidanzata perfetta, quella che si fida
ciecamente di te, mentre tu continui a fare quel cazzo
che ti pare. Adesso invece ho capito che sei come tutte
le altre, una grandissima sgualdrina. Come tutte le
puttane con cui sono stato alle tue spalle, in questi due
barbosi anni con te». Si gira, apre la porta e se ne va,
chiudendosela alle spalle con un tonfo sonoro.
Cosa si può dire in momenti come questi? Fa davvero
male sentire certe parole dal ragazzo che hai amato in
passato? O forse è meglio così? Banalmente potrei
pensare che è meglio così, in questo modo mi renderò
conto che quel che mi dicevano le mie sorelle e la mia
migliore amica era vero e che Davide non era quello
che sembrava. Lo avevo capito anche io, altrimenti
non avrei provato quel sollievo nel lasciarci. Ma
questo, è troppo anche per me.
Mi ha usata per facciata, tutto qui, per avere una
ragazzetta carina al suo fianco, sempre disponibile,
mentre faceva i suoi porci comodi con le altre. Fa

male, fa molto male…e piango. Non riesco a fare altro se non piangere.

Capitolo 16

NATHAN

Avrei una gran voglia di rincorrere quel grandissimo figlio di puttana e spezzargli l'osso del collo, ma vedere questa ragazza di cui so poco e niente, ma che mi sembra di conoscere da moltissimo tempo, crea in me una sorta di dipendenza e di protezione nei suoi confronti. Vorrei abbracciarla e consolarla, ma ho paura di forzare troppo le cose. Questa è una situazione davvero assurda anche per me e di cose ne ho viste, con il mio lavoro. Non è stata una semplice scaramuccia tra ex fidanzati incompresi, non riesco a vederla così. Sta piangendo ed io non posso star qui a guardarla senza fare niente. Mi avvicino con molta cautela, non voglio turbarla più di quanto già non sia. «Ehi», sussurro, nel mentre mi accuccio di fronte a lei che si è seduta portandosi le mani sugli occhi per nascondere le lacrime.

«Per favore Nathan, non dire nulla. Tutto questo è già abbastanza assurdo e umiliante».

«Umiliante per lui, che è un cretino totale», le dico scostandole le mani dagli occhi per far sì che mi guardi.

«Tutto quello che mi ha detto..».

«Ssshhh». Le poso una mano sulle labbra. Non voglio che ripensi a quelle stronzate uscite dalla bocca di un totale imbecille.

«Tutto quello che ha detto sono un mucchio di stronzate».

«Oh, no! Io sono davvero tutte quelle cose, purtroppo».

«Essere tranquilla, pacata, dolce, amorevole, servizievole e abbastanza insignificante è bellissimo invece, per chi ti ama e ti rispetta».

«Anche essere abbastanza insignificante è una buona cosa?», mi domanda.

«Dipende da come leggi il significato di questa parola».

«Insignificante è una parola che parla già di per sé, non vuol dire nulla di positivo».

«Ti sbagli, invece. Perché nel tuo caso vuole semplicemente dire essere una ragazza bellissima e semplice che non vuole apparire, ma essere solo se stessa e non credo sia poi così male».

«La fai sembrare davvero una bella cosa», mi dice accennando un lieve sorriso.

Capitolo 17

SOFIA

Sono qui con Nathan, un personaggio che ho creato
con la mia fantasia, e stiamo parlando di quanto sia
bello essere insignificanti.
Prima mi ha baciata, poi c'è stato uno scontro tra lui e
Davide che è arrivato improvvisamente e come se
niente fosse mi ha detto che mi ama ancora e vuole
stare con me, per poi dirmi che in questi anni è stato
bello fare quel che ha voluto senza che io me ne
accorgessi.
E adesso? Come esco da questa situazione assurda?
Dopo interminabili minuti a guardarci negli occhi
senza più riuscire a proferire parola, decido di
spezzare questo silenzio lanciando un'altra delle mie
bombe. Non voglio più parlare di Davide, voglio
parlare solo di Nathan e della bizzarra situazione in
cui ci troviamo.
«Ascolta, devo trovare il modo di far tornare tutto
come prima».
Nathan si solleva da terra. Questa volta sembra un po'
infastidito dalla mia affermazione, anche se non vuole
darlo a vedere. Si avvicina alla finestra, si porta le
mani sul viso e comincia a scrollare il capo.

«Ascolta Sofia, io capisco che tu sia leggermente sotto shock. Hai rischiato di morire e adesso ci si è messo pure quello stronzo del tuo ex, ma insomma! Cerca di capire che quello che mi hai raccontato fino ad ora non ha alcun senso».

«Sì invece, torna qui!», gli ordino autoritaria stupendo lui ma soprattutto me stessa, «adesso ti farò vedere quello che sto scrivendo così ti renderai conto che è tutto vero. Siamo in Italia, giorno di Santo Stefano del 2015. Guarda..».

Mi osserva davvero preoccupato, perché sicuramente sta pensando che io sia ancor più pazza di quello che credeva, ma si avvicina comunque e si siede di fianco a me.

Capitolo 18

NATHAN

Sto leggendo quel che ha scritto Sofia, la mia storia.
Ok, è ovvio che sia solo una incredibile coincidenza
tutto ciò, non esiste di certo un'altra spiegazione. Le
date, i giorni in cui ho fatto una determinata cosa.
Ma quello che mi paralizza è leggere esattamente
quelli che sono stati i miei pensieri in determinate
situazioni. Come fa a sapere quello che ho pensato?
Che razza di diavoleria è questa! Mi allontano di
nuovo da lei, ma visibilmente irritato adesso e questo
mi dispiace perché vedo che si sta spaventando a
causa del mio cambio di umore.
«Mi dispiace», le dico, «Ma vedi, tu non puoi pensare
che, come se niente fosse, io possa prenderti sul
serio».
«Ma è così Nathan, te lo giuro». Una debole lacrima
scivola sul suo viso. «Te lo giuro», mi ripete.
In un attimo sono di nuovo di fronte a Sofia. Mi
inginocchio facendomi spazio tra le sue gambe, le
prendo il viso tra le mani e la bacio ancora, con un
trasporto emotivo incredibile che stupisce anche me.
«Come te lo devo dire?», le sibilo a fior di labbra,
«questo non ti sembra reale?».

«Vorrei tanto che lo fosse, credimi», afferma cominciando a piangere copiosamente per poi allontanarmi. Si alza dal divano, ma io continuo a rimanere inginocchiato seguendola con lo sguardo. Accende la tv e comincia a cambiare un canale dopo l'altro e allora, quando finalmente mi rendo conto che qualcosa è successo davvero, il panico si impossessa di me. Sono in Italia e oggi è un giorno di dicembre dell'anno 2015...

Capitolo 19

SOFIA

Guardo Nathan negli occhi e subito mi rendo conto
che ha realizzato. Qualcosa è successo e non può più
ignorare quel che gli ho detto fino ad ora.
«Chi sei tu?», mi domanda con voce spezzata, mentre
abbassa lo sguardo.
Spengo la tv e mi avvicino di nuovo a lui. Mi
accoccolo per essere alla sua altezza. Gli sfioro una
spalla con la mano in maniera delicata e rispondo
semplicemente: «Io sono la persona che ti ha creato,
sei frutto della mia fantasia», solleva di nuovo il viso
per guardarmi, continuo, «io amo leggere e da quando
ho imparato e ho letto le mie prime parole a poco più
di cinque anni, non ho più smesso. Pochi mesi fa ho
cominciato a sentire il forte impulso di raccontare un
qualcosa di mio. Questo progetto mi ha aiutata a
sentirmi viva in un momento in cui ero un po' giù a
causa del mio rapporto con Davide che si stava
sgretolando sempre più. E poi..sei arrivato tu».
Sento i miei occhi inumidirsi, ma trattengo le lacrime
con tutta la forza che posso. So che non è reale, so che
devo e troverò il modo di far tornare tutto come
prima. Come ho pronunciato quelle parole del libro

per avverare un desiderio e, in un certo senso, il mio desiderio si è avverato, perché Nathan è davvero speciale, potrò in qualche modo usare le stesse parole e desiderare, con tutta me stessa, che lui torni tra le pagine del mio romanzo.

Capitolo 20

NATHAN

Ascolto le parole di Sofia e sono sempre più confuso:
«Io sono la persona che ti ha creato, sei frutto della
mia fantasia»... «e poi sei arrivato tu..», afferma
semplicemente.
«Ho bisogno di uscire un po' e schiarirmi le idee», le
dico mentre la scanso in maniera un po' brusca. Me ne
pento subito.
«Scusa, non volevo».
«Non importa. So che sembra tutto assurdo, ma hai
visto anche tu alla tv». Non la lascio finire di parlare.
«Sì, non c'è bisogno che tu dica altro. Sono fuori di
me e ho bisogno di metabolizzare questa assurda
situazione. Sai, non capita tutti i giorni di scoprire di
essere solamente...un pezzo di carta? Perché alla fine
è questo che sono». Apro la porta ed esco
chiudendomela alle spalle.

Capitolo 21

SOFIA

Ho bisogno di parlare con qualcuno e chi meglio delle mie sorelle? So che non appena racconterò loro questa storia penseranno che sono fuori di me e disperata per Davide, tanto da impazzire e tirare fuori cose assurde e correranno da me. Non vorrei farle preoccupare, ma come posso affrontare questa situazione da sola?
Sono anche molto preoccupata per Nathan, ma voglio rispettarlo: mi ha detto che vuole stare un po' da solo e mi sembra più che giusto. Si renderà ancor più conto della verità quando si guarderà intorno e capirà che in una notte non si può di certo essere teletrasportati dagli Stati Uniti all'Italia senza accorgersi di nulla.
Un altro pensiero mi assale prepotente: nel momento in cui tornerà tutto come prima cosa ne sarà di lui? La sua essenza e il suo essere saranno vivi solo se alimentati da me? Per farlo vivere dovrò continuare a scrivere di lui, è nato da me e continuerà e esistere solo se io vorrò.
Prendo il libro di mia nonna e comincio a sfogliare le pagine come se fossi un'ossessa. Isotta mi viene vicina e mi guarda. Sembra davvero serena e molti potrebbero pensare: «ma certo, è soltanto un animale,

cosa ne può sapere di quello che è successo!». Ma non è così, conosco la mia gatta forse più di me stessa e posso dire con assoluta certezza che i suoi occhi brillano di una luce diversa da quando Nathan è entrato a far parte della nostra vita.

La prendo in braccio e la stringo a me mentre consulto il libro della nonna. Mi calmo subito al suo caloroso contatto e continuo a sfogliare le pagine con calma, ma ad un certo punto Isotta preme con una zampina sul libro impedendomi di continuare a sfogliarlo. Non resto indifferente neppure a questo suo segnale e leggo: «Non lasciar scappare via la felicità, perché quando l'avrai trovata anche se un po' strana ti sembrerà, sarà pur sempre la tua meravigliosa realtà. Ma se per il bene di qualcuno la sua felicità sarà più importante della tua, allora con queste parole rasserenerai di nuovo il suo cuore».

Le parole della nonna mi colpiscono. Sono così semplici, ma racchiudono una verità: la verità che nella vita bisogna fare delle scelte che per quanto ci facciano male a volte sono quelle più giuste ed io, nonostante non voglia ammettere che vorrei tenere Nathan qui, so che la sua serenità è molto più importante della mia in questo momento. Io ho comunque una vita con delle certezze, lui invece cosa? Una dura verità che scomparirà non appena tornerà tutto come prima, ma è pur sempre la sua verità.

«So che ti piace molto Nathan, Isotta, ma non potrà restare con noi ancora a lungo». Salta giù e torna su in soffitta. Capisco il suo dispiacere, perché è anche il mio dispiacere.

Capitolo 22

NATHAN

Mi guardo intorno e non riconosco nulla di ciò che mi circonda. Monti innevati, freddo lieve per nulla paragonabile al clima rigido di New York, un ambiente circostante che non riconosco nella mia terra.

Se penso attentamente, ora che sono solo nella tranquillità di questo luogo sconosciuto ai miei ricordi, mi rendo subito conto che non ho davvero dei ricordi.

Solo gli ultimi avvenimenti che riguardano il mio lavoro di vigile del fuoco, il disastro delle torri, il mio amico Jason...Ma di lui rammento solo la sua morte e nulla di ciò che è avvenuto prima. Lei ancora non ha creato nient'altro di me, la mia storia è appena cominciata e il mio passato dipende solo da lei.

Sofia, l'unica persona che ho sentito davvero vicina e che ancora sento. Le mie labbra sulle sue, la voglia di stringerla e di proteggerla da quel figlio di puttana con cui è stata e che odio, perché la avuta e non l'ha mai rispettata.

Mi porto il pugno chiuso alla bocca, perché voglio con tutto me stesso trattenere le lacrime. Non sono niente eppure mi sento tutto, lei mi ha fatto sentire tutto e non posso più farne a meno. Non ho più domande, non ci sono più risposte.

Torno indietro senza pensarci due volte correndo come un pazzo, mi fermo in trepidazione solo per suonare al citofono e non appena mi apre continuo a correre su dalle scale per tornare da lei.

Quando apre la porta e ci ritroviamo di nuovo occhi negli occhi, non abbiamo più bisogno di parole: Sofia è una parte di me ed io sono una parte di lei. Questa è l'unica certezza che abbiamo in questa situazione fuori da ogni ragionevole controllo, ma mi basta. Voglio abbracciarla, voglio stringerla forte.

Entro e mi chiudo la porta alle spalle, ma per non uscire più. Per non scappare più come un codardo.

«Fai l'amore con me», le dico come se fosse la cosa più naturale del mondo, perché in fondo lo è naturale, è come se ci conoscessimo da sempre.

Sofia è completamente paralizzata e quegli occhi grandi da cerbiatto inchiodati ai miei sono così puri che quasi mi vergogno di me stesso.

«Ti prego», le dico ancora con voce flebile, «fai l'amore con me». Come se si risvegliasse dai suoi dolci pensieri, si avvicina e mi sfiora il viso con una mano che io afferro e mi porto subito alla bocca per baciarla. Con l'altra mano le cingo la vita per portarla a me e stringerla.

Lei socchiude gli occhi e appoggia la fronte sul mio

mento.

«È tutto così assurdo e forse entrambi stiamo vivendo lo stesso sogno, ma se così fosse spero di non svegliarmi più», le sussurro, «ho paura di addormentarmi, il sonno non mi ha mai fatto così paura come da quando stamane mi sono svegliato ed ero qui con te». Solleva il viso.

«Potrebbe succedere, è difficile da spiegare, ma potremmo svegliarci domattina e tornare a come eravamo prima.». La fermo subito, non voglio ascoltare. La bacio e lei ricambia senza protestare. Un bacio così intenso e profondo da assaporare in ogni sua sfumatura, perché potrebbe essere davvero l'ultimo.

Capitolo 23

SOFIA

Ho fatto l'amore con Nathan, dio del cielo! Questo allora è fare l'amore? Fondersi alla perfezione, respirarsi l'un l'altro, baciarsi e toccarsi senza alcun pudore e sentire comunque il rispetto dei nostri corpi e di come con tanta naturalezza diventano uno solo. Sensazioni che non ho mai provato e che invece avevo confuso con quella parolina magica che è AMORE, prima di lui.

Ora siamo avvinghiati in questo divano letto minuscolo per noi, ma che non mi è mai sembrato più comodo di così. Mi sento così protetta tra le sue braccia forti, così sicura di me.

Non mi sono mai sentita tanto bella. Il desiderio che leggevo nei suo grandi occhi color del cielo mentre faceva l'amore con me rimarrà sempre impresso nella mia mente, non mi dimenticherò mai di lui, perché io continuerò a scrivere di lui. Nathan è la mia dolce storia d'amore ed io sono la sua. Tutto il resto non conta...

Capitolo 24

NATHAN

«Nathan». Non la lascio continuare, perché dall'espressione sul suo viso capisco quello che sta per dirmi.

«Non mi va di pensarci adesso Sofia, ne parleremo in un altro momento», affermo semplicemente. Solleva la testa dal mio petto e mi guarda negli occhi.

«Non so cosa succederà, non so neanche se tutto questo potrà andare avanti. E se fosse pericoloso? Devo rimandarti da dove sei venuto».

La scosto e mi alzo dal letto. Mi avvicino alla finestra e guardo ancora fuori, come se vedere ciò che mi circonda possa aiutarmi a metabolizzare questa verità così strana e difficile da accettare.

Quando mi giro verso di lei e la osservo, leggo dispiacere nei suoi occhi.

«E dimmi Sofia», le domando in maniera un po' arrogante, «riportarmi da dove sono venuto cosa significa per te?». Sembra perplessa dalla mia domanda.

«Sai cosa intendo», mi risponde.

«Se per te farmi tornare ad essere frutto della tua fantasia e togliermi la possibilità di ESSERE una persona reale è la giusta soluzione, allora vuol dire che non ti importa nulla di me».

«Non è così Nathan», afferma con assoluta sicurezza mentre si alza dal letto e mi viene incontro, «tutto questo: chiamalo magia o come ti pare, è una cosa nuova per me e non so come gestirla. Io non sapevo che pronunciando le frasi del libro di mia nonna sarebbe successo tutto ciò. L'ho fatto per gioco, in un momento in cui avevo bisogno di un po' di spensieratezza. Adesso, invece, mi rendo conto che è tutto vero e devo imparare e capire come gestirlo».

Le prendo il viso tra le mani e le do un bacio tenero. Poi a fior di labbra le domando: «E se provassi a non ragionare più con la mente, ma solo con il tuo cuore? E se lasciassi andare tutto con naturalezza senza pensare ad una soluzione? E se non ci fosse una soluzione, ma tutto quello che fino ad ora è successo dovrà continuare così senza un se e senza un ma? Non hai pensato a questa eventualità?». La sollevo da terra per far sì che sia alla mia altezza. Con le braccia cinge il mio collo e appoggia la fronte contro la mia.

«Tu non hai idea di quanto vorrei avere la forza di non pensare più a come questa nostra storia sia iniziata. Vorrei raccontare alla mia famiglia e alla mia più cara amica che ci siamo conosciuti al supermercato, che ci siamo subito piaciuti e che nessuno potrà mai separarci. La normalità dei piccoli gesti quotidiani, è questo che voglio. Voglio poter provare dei sentimenti per te, perché sei reale e non solo frutto della mia fantasia».

«Ascoltami, io sono reale. Sono qui con te, abbiamo fatto l'amore, ci siamo sentiti ed è come se ci conoscessimo da sempre. Proviamo sentimenti forti come se stessimo insieme da molto tempo. Ci siamo toccati l'un l'altro ancora prima di vederci e credo che tutto questo sia speciale e molto difficile da trovare in qualcuno. Dimentichiamo come è iniziato e viviamo da adesso in poi nella nostra normalità, che non deve essere per forza la normalità degli altri. Noi siamo noi».

È tra le mie braccia e i nostri visi sono ancora l'uno contro l'altra.

«D'accordo», mormora semplicemente, non aggiunge altro ma per il momento mi basta.

Capitolo 25

SOFIA

Ok, ok, sono passati due giorni e Nathan non si è dissolto nel nulla come invece sospettavo potesse accadere nel momento esatto in cui ho aperto gli occhi la mattina. Non che io abbia dormito granché, ovviamente. Ancora non ho trovato il coraggio di parlare con Giulia, Alice e Miriam. Oggi le chiamerò, non ho molta scelta visto che il capodanno si avvicina e lo passerò con loro ad una festa organizzata dagli amici di Giulia e, naturalmente, porterò Nathan con me.

Questi due giorni sono stati molto intensi: siamo rimasti praticamente in posizione orizzontale ventitré ore su ventiquattro, tanto che Isotta più volte è salita sul divano letto (oramai diventato solo letto) e con fierezza e anche un po' di prepotenza, più che giustificata, si è intrufolata in mezzo a noi, proprio come fanno i bambini con i loro genitori. Devo dire che, quasi quasi, sono un po' gelosa del feeling tra lei e Nathan. Sembra che anche lei lo conosca da sempre o, addirittura, lo aspettasse.

Gli ho raccontato un po' di me, del fatto che questa sia la casa di montagna della mia famiglia e che sino a che non avrò trovato un piccolo appartamento economico a Torino in cui vivere starò (o meglio: staremo) qui.

Abbiamo anche parlato di cose burocratiche. So che non è molto romantico, ma d'altronde il fatto che non abbia un documento che attesti che esiste in questo bizzarro mondo è un problema che dobbiamo risolvere al più presto. E qui non ho altra scelta se non chiedere un piccolo aiuto alla magia.

«Non preoccuparti, vedrai che risolveremo questo piccolo inconveniente e poi, una volta sistemato tutto, mi troverò un lavoro. Anche a Torino serviranno vigili del fuoco, in fondo. Ma se così non fosse farò altro. Tutto pur di stare con te». E in un attimo è sopra di me e...be', il resto potete immaginarlo.

Capitolo 26

NATHAN

Non voglio che Sofia si preoccupi e per questo cerco di non dare a vedere il mio stato d'animo.

Mi sento felice e voglio stare con lei più di qualsiasi altra cosa.

Questa storia dei documenti mi preoccupa molto. Mi ha detto che nel suo libro magico troverà qualcosa per far sì che io possa essere in tutto e per tutto un cittadino in carne e ossa. Non voglio gravare su di lei anche se mi rendo conto che in questo caso non ho altra scelta.

Una volta che tutto sarà sistemato, e lo spero con tutto il cuore, mi troverò un lavoro così potremo cominciare davvero una quotidianità lasciandoci questa strana situazione alle spalle, anche se sarà molto difficile per me dimenticare quel poco che c'è. Quei ricordi che ancora una volta mi riportano nella mia casa a New York, al mio lavoro che tanto amo, al disastro delle torri gemelle e al mio amico Jason che non c'è più...Ma cosa dico? Lui non c'è mai stato, proprio come me. E allora, perché fanno così male questi ricordi se non sono mai esistiti veramente? Purtroppo so che non avrò mai una risposta a tutto ciò.

L'unica mia certezza sono i sentimenti che invece esistono e sono più che reali. Molto, molto vicini alla parola AMORE.

Capitolo 27

SOFIA

Nathan è andato a correre e io ne approfitto per fare finalmente quella telefonata che mi tormenta da tre giorni ormai. Lì per lì, sino a ieri, ero un po' indecisa, a dire il vero. Volevo proporre a Nathan di mantenere il nostro segreto ancora un po', sarei andata a festeggiare il Capodanno con le mie sorelle e Miriam per non destare alcun sospetto sulla mia attuale salute mentale precaria, e poter tornare così, come se niente fosse, qui a San Giacomo. Ovviamente è fuori discussione.

«Potremmo semplicemente dire che sono un forestiero e ci siamo conosciuti al super market», mi ha detto con un ghigno divertito, «in fondo non hai affermato proprio tu che ti sarebbe piaciuto raccontare di un normale incontro, alla tua famiglia?». Ripenso a come l'ho guardato sconcertata...Forestiero? Ma che razza di termine è forestiero? Eppure ha vissuto per un po' nel 2001, mica ai tempi degli indiani d'America!

Dio mio, sto vaneggiando e altro che fuori di testa. Qui se non mi do una calmata mi ricoverano in qualche manicomio.

Ovviamente non gli ho dato risposta, ne avremmo

riparlato, o meglio, oggi ne riparleremo per forza visto che mancano solo due giorni.

«Nonna, ti prego, se mi puoi vedere da lassù dammi un segno, appari nei miei sogni, fai un po' come ti pare, basta che mi aiuti a capirci qualcosa».

Sto in silenzio per qualche secondo e devo avere sul viso un'espressione davvero spaventosa visto che Isotta è posizionata proprio di fronte a me immobile e mi osserva.

Ad un certo punto, il campanello suona facendomi sussultare dallo spavento. Ero come in trance. Strano, penso, Nathan è già di ritorno?

Vado ad aprire la porta e quando mi ritrovo davanti le mie sorelle con l'aggiunta di Miriam, alzo gli occhi verso il cielo e dico: «Grazie nonna!». Questo è il suo aiuto: mandare soccorsi, senza che io abbia più la possibilità di temporeggiare.

«Questa è già la seconda volta che hai quella faccia sconvolta nel vederci e per di più ci aggiungi anche la nonna. Che succede?», mi domanda Giulia sospettosa, nel mentre mi scansa per far sì che tutte e tre possano entrare.

«Be'...ecco...vi avevo detto che volevo stare un po' da sola in questi giorni e invece voi che fate? Siete venute lo stesso». Sollevo un po' le spalle, cercando anche di essere convincente, ma a chi voglio darla a bere?

Non sono di certo il tipo che si arrabbia se fa una

richiesta che viene poi ignorata dalle sue sorelle e dalla sua migliore amica. In fondo è il nostro rapporto: nessuna di noi lascia in pace nessuna. Mi stupisco di come possa avere anche solo pensato che mi avrebbero dato retta. Ah sì, che stupida. E chi ci ha pensato. Ero presa da altro, insomma.

Miriam si guarda intorno sospettosa.

«Qui c'è un profumo diverso che aleggia nell'aria. Il profumo del peccato. Non sei sola», afferma sicura mentre si avvicina puntandomi un dito contro, «Non è possibile, non ci credo, dopo quello che ti ha fatto!». Solleva le mani in alto e serra i pugni.

«Ma di cosa parli?».

Alice ci osserva visibilmente divertita dalla situazione, mentre invece Giulia prende in braccio Isotta per...confortarla?

«Questa povera gatta non ne può più dei vostri sproloqui, povera bestia!»

Miriam, noncurante, continua imperterrita.

«Davide è stato qui. Ma come fate a non capirlo? Non sentite odore di maschio in tutta la casa?». E per tutta la casa intende trenta metri quadri tra sopra e sotto.

Si girano tutte e tre verso di me e mi fissano con aria minacciosa avanzando sempre più. Se non sapessi che sono innocue come dei coniglietti sarei già scappata a gambe levate visti i loro visi che in questo momento sembrano posseduti da qualche forza demoniaca. Non mi stupirei se da un momento all'altro le loro teste cominciassero a roteare.

«In mia difesa posso dire che..», affermo nel mentre indietreggio sino ad incontrare lo spigolo del caminetto che mi blocca all'istante visto che ora è piantato al centro della mia spina dorsale, «non è come pensate e l'odore di maschio che sentite nell'aria non è di Davide!», termino strizzando gli occhi a più non posso, perché non so se mi va di vedere la loro reazione dopo questa confessione.

Dopo secondi di silenzio tombale che sembrano infiniti, riapro gli occhi a due fessure, così, per tastare il terreno.

Quello che vedo è esattamente ciò che mi aspettavo. E adesso sì che posso cominciare ad avere paura sul serio!

Sui loro visi stampato l'emblema della pura estasi e questo può voler dire solo tre cose: sono incredibilmente scioccate dal fatto che qui c'è stato un uomo che non sia Davide, ma allo stesso tempo sono felici e mi faranno un vero e proprio interrogatorio.

Voglio lasciar loro ancora qualche minuto di totale beatitudine, perché nel momento esatto in cui le informerò della situazione i loro visi si trasformeranno di nuovo e saranno così preoccupate per la mia salute mentale che faranno tutto ciò che è in loro potere per farmi rinsavire.

«Vuoi dire che..», mi esorta Miriam, «hai conosciuto un altro ragazzo? Proprio qui? In questo posto frequentato solo da caprioli e cinghiali?».

Giulia e Alice si guardano come se debbano tenersi pronte da una eventuale catastrofe. E in fondo non hanno tutti i torti, anche se è ancor peggio di quel che sembra. Neanche l'esplosione di un vulcano, uno tsunami improvviso, la discesa degli alieni sulla terra e la risurrezione degli zombi, tutto in una volta, possono essere paragonati a quello che sto per raccontare loro.

«Diciamo che..», rispondo storcendo un po' il naso, «conosciuto non è proprio la parola adatta in questo caso. Diciamo che, in un certo senso, già lo conoscevo».

«Quindi è qualcuno che conosciamo anche noi? Un tuo collega del call center?», domanda Giulia curiosa come una scimmia anche se cerca di nasconderlo, visto che la curiosità non è consona ad una donna seria come lei.

«Nooo». Si guardano sempre più perplesse.

«Sedetevi per favore». E ringrazio tutti i santi del cielo di aver fatto tornare divano il povero letto nascosto al suo interno che oramai credo abbia delle grosse crisi di identità su quale deve essere la sua precisa funzione, perché se lo avessero visto scompigliato mi sarebbero saltate al collo ancora più euforiche di quel che sono e mi avrebbero legata a una sedia per farmi confessare i miei succulenti peccati. Ma non sono pazze, intendiamoci, sono solo le mie sorelle e la mia migliore amica. Io avrei fatto lo stesso con loro, se non peggio.

«Ragazze a rapporto», incita Alice, «tutte sedute, qui oggi assisteremo a cose grosse ed io non voglio perdermi nulla di tutto ciò che uscirà da quella bocca. Questo potrebbe essere l'evento del secolo!». E alla fine, come immaginavo, cominciano a ridacchiare come galline.

«Volete fare le serie almeno in questo momento? Vi prego, è molto importante. Quello che sto per dirvi va al di fuori di ogni logica». Comincio ad andare avanti e indietro a braccia conserte e testa bassa.

«Siamo tutte orecchi», dice Giulia risoluta riportando ordine, «nessuna aprirà bocca finché non avrai finito di parlare».

Adesso mi guardano tutte e tre in trepidante attesa ed io comincio a sparare cartucce a raffica come se non vi fosse una fine.

«Vi ricordate la formula d'amore che abbiamo letto sul libro di nostra nonna?», domando alle mie sorelle e poi mi rivolgo a Miriam, «se ti ricordi ti ho accennato qualcosa a questo proposito, quando ti ho parlato delle strane sensazioni che provavo nello scrivere il mio romanzo». Annuiscono a bocca spalancata.

«Bene. Siccome non esistono mezzi termini nel dirvi quello che sto per dirvi..», mi copro gli occhi con le mani e scrollo il capo velocemente quasi come fosse il battito d'ali d'una farfalla. Scosto poi le mani e le abbandono lungo i fianchi velocemente e comincio, «Il giorno di Santo Stefano sono andata a fare due passi e mi sono fermata al bosco delle fate per schiarirmi un po' le idee. Ho pronunciato quella formula d'amore, così per gioco, e nel mio subconscio ho desiderato qualcuno che mi amasse profondamente. Un ragazzo coraggioso, premuroso e forte, proprio come Nathan, il protagonista del mio romanzo. La mattina seguente ho aperto gli occhi e lui era lì, nel mio letto. Ecco, questo è quanto».

Silenzio assoluto. Nel frattempo, però, Giulia mi viene vicina e posa una mano sulla mia fronte.

«Scotti, tu hai la febbre e non ti senti bene. Vestiti, ti portiamo in ospedale».

Essendo la più razionale delle tre a suo avviso questa è l'unica soluzione possibile mentre Alice e Miriam, per quanto sicuramente non possono credere a una cosa del genere, stanno comunque analizzando quello che ho raccontato. Posso vedere i fumi che escono dalle loro teste.

«Giulia, non sono impazzita e se sono calda è solo perché sto cercando di trattenere il crollo emotivo che sta sconquassando il mio corpo inerme a tutto ciò. E ti dirò di più: appena tornerà ne avrete la conferma».

Giulia si gira verso le altre e le guarda come per dire: «Be', fate qualcosa!», ma loro nulla, sono inermi, finché all'improvviso Miriam scatta su e mi viene incontro e così anche Alice.

«Io ti credo e che cavolo!».

«Anche io!», afferma Alice con convinzione.

«Ma siete impazzite tutte?», domanda Giulia.

«Sofi non mente mai, lei è la sincerità fatta a persona e se dice che il libro magico della nonna ha portato a ciò io sono felice. Ma vi rendete conto? La nonna era una specie di strega e noi forse abbiamo ereditato qualcosa. Uff..», continua, «ma perché nostra madre non ci ha mai reso partecipi ed è sempre stata vaga nel parlare di lei? Me lo sono sempre chiesto, ed ora a maggior ragione».

«Ok, non so bene di cosa state parlando. Non ho ancora visto questo libro, ma ho capito qualcosa», interviene Miriam.

«Ma siete impazzite? Vi da di volta il cervello? Non potete assecondare questa pazzia. Dobbiamo invece aiutare Sofia ad elaborare la sua rottura con Davide, perché mi sembra piuttosto chiaro che il problema qui sia lui.».

Tutte e quattro non facciamo in tempo ad aprire bocca per parlare, visto che il campanello suona.

«Chi è adesso?», domanda Giulia.

«Nathan», rispondo semplicemente, come se fosse la cosa più naturale al mondo. E vado ad aprirgli.

«Visto? Cosa vi dicevo: lui è Nathan. Nathan, loro sono le mie sorelle Giulia e Alice e la mia migliore amica Miriam».

Miriam e Alice si avvicinano a lui e cominciano a girargli intorno per osservarlo meglio in maniera a dir poco spudorata. Povero, sembra ancora più sconvolto. E come dargli torto?

Giulia, invece, si posiziona proprio di fronte a me togliendomi tutta la visuale, afferra le mie spalle, comincia a stritolare forte e a voce molto, molto bassa mi dice: «Sofia ma ti rendi conto di quello che hai farneticato sino ad ora? Non farti sentire da questo ragazzo, altrimenti rischi di farlo scappare via a gambe levate!» e termina stritolando ancora più forte e serrando i denti così tanto che rischia di avere una paresi alla bocca.

Di rimando, come una perfetta contorsionista, riesco a sollevare gli avambracci e a posare le mie mani sulle sue per rassicurarla.

«Oh no, tranquilla, lo sa già», affermo. In tutto questo simpatico teatrino Isotta si gode la scena da sopra le ripide scale in legno che portano in soffitta.

«Lo sa già», ripete sconvolta mentre si gira verso di lui per sfoderare un flebile sorriso e poi girarsi di nuovo verso di me facendo scomparire immediatamente l'espressione soave appena rivolta a lui, «come lo sa già? Hai detto a questo ragazzo che in realtà è apparso come da un fumetto?», continua sempre a voce bassa credendo di non essere sentita.

«Non fare la spiritosa Giuli, dal mio romanzo, è arrivato dritto dritto dal mio romanzo, dopo che ho pronunciato quelle parole tanto importanti per la nonna».

Capitolo 28

NATHAN

Il sogno di ogni uomo: entrare in casa e trovare quattro donne di una bellezza travolgente che ti osservano come se tu fossi il loro dio sceso in terra.
È proprio quello che sta succedendo a me, a parte il fatto che non sono nella mia casa e non sto vivendo una vita reale.
«In verità è andata proprio così, a quanto pare», affermo deciso in soccorso di Sofia che è visibilmente in difficoltà.
«Ok, questo è troppo!», urla sua sorella cominciando a girare per la stanza e a rovistare ovunque per cercare non so cosa.
«Cosa fai, Giuli?», le domanda Sofia sempre più sconvolta.
«Sto cercando delle prove, mi sembra logico».
«Delle prove?», domandano le altre due ragazze in coro.
Mi avvicino a Sofia per cercare di rassicurarla, per quel che posso, visto che sono proprio io la causa di questo disagio.
«Sì, perché a quanto pare questo bell'imbusto ha drogato nostra sorella!», sbotta avvicinandosi a me e

puntandomi un dito contro.

«Cosa hai fatto a mia sorella?».

Ecco un'altra cosa di cui essere certi: non mettersi mai contro un parente arrabbiato della persona a cui tieni.

«Giulia adesso bastaaaa!». E questa volta Sofia è davvero convincente, perché la sua protettiva sorella si ferma di colpo.

«Vi prego di ascoltarmi, ve lo chiedo per favore. Vi dimostrerò che è tutto vero e quando capirete, soprattutto tu Giuli, avremo bisogno del vostro aiuto, perché Nathan...» e si gira verso di me illuminando la stanza con il più bello dei sorrisi, «perché Nathan rimarrà qui, con me, nella mia realtà».

Capitolo 29

SOFIA

Be', alla fine Giulia si è arresa e anche se non vuole
credere a tutto quello che le ho raccontato, non può
comunque opporsi agli eventi, specialmente con
l'intervento di Miriam e Alice che, completamente in
estasi, sembrano due bambine che hanno scartato i
regali la mattina di Natale.
«Quindi, il libro della nonna è davvero magico. È
tutto vero», afferma Alice stringendolo al petto.
«Vediamo un po', qui ci sono anche altre formule
misteriose. Voglio provare a pronunciarne una e
vedere che succede».
«Bisogna fare attenzione però, è pur sempre magia.
Non sia mai che ci si rivolti contro», dice Miriam
sotto gli occhi increduli di Giulia, che sembra stia per
avere un infarto.
«Farò questa pozione: la pozione della felicità e la
proverò proprio su di te Giuli, perché a quanto pare
ultimamente hai proprio bisogno di un po' di
positività».
Sono sempre le solite, sempre a punzecchiarsi.
«Spiritosa», le risponde senza aggiungere altro.
«Ma, adesso: cosa farai con il tuo romanzo? Non

potrai più continuarlo visto che Nathan è qui con te, in carne e ossa. Oh mio dio, è tutto così surreale eppure..».

Nathan mi guarda ansioso di sapere quel che risponderò. Glielo leggo negli occhi.

«Be', veramente pensavo di continuarlo, magari farò i dovuti cambiamenti, ma nulla mi vieta di scrivere questa storia». E spero con tutto il mio cuore che anche lui la pensi così.

«Sarebbe bellissimo, è il tuo sogno ed è giusto che tu continua a realizzarlo». Si avvicina e mi dà un bacio a fior di labbra sotto gli occhi increduli di tutte mentre sospirano beate. D'altronde, come dare loro torto? Lui è meraviglioso, a dir poco.

«D'accordo piccioncini, prima di farci morire di invidia diteci: come possiamo aiutarvi?».

«Vorrei trovarmi un lavoro qui, ma non ho documenti e la cosa peggiore è che non esisto, quindi è un bel problema».

«Un'idea ci sarebbe», se ne esce Giulia stupendo tutti quanti, «potresti…che ne so...essere sbarcato qui in Italia, perché scappato da un futuro incerto e...ma che dico? Non si può di certo andare contro la legge».

«Non abbiamo altra scelta se non chiedere un piccolo aiuto alla magia. Il problema è che siamo del tutto inesperte e ci vorrà un po' di tempo per capire come fare».

«Per il momento cercheremo di temporeggiare

tenendolo lontano dai guai», afferma Giulia, «ma ti tendo d'occhio», continua puntando un dito verso Nathan che alza le braccia in segno di resa ma con fare scherzoso.

Cominciano poi il loro dibattito sul perché e il per come nostra madre ci ha tenute allo scuro di tutto o forse davvero non ne sapeva nulla e Miriam cerca come al suo solito di analizzare la situazione, così Nathan, approfittando del loro momento di distrazione, mi attira a sé e mi bacia a fior di labbra e, sempre a fior di labbra mi dice: «Se questo è solo l'inizio della storia che hai creato per me, non oso immaginare andando avanti e..non vedo l'ora di scoprirlo». Ho iniziato a raccontare di lui, del suo essere forte e coraggioso ma al tempo stesso arrabbiato e quasi rassegnato agli eventi. Adesso è qui con me, sempre forte e coraggioso, ma sereno. Questo è anche stare insieme, questo è anche amore: superare momenti difficili e quando tutto sembra buio, scorgere comunque una luce di speranza...

Capitolo 30

NATHAN

Come dicevo: entrare in casa e trovare quattro donne di una bellezza travolgente che ti osservano come se tu fossi il loro dio sceso in terra e poi, adesso, guardare la tv sdraiato sul divano mentre tra le tue braccia hai la ragazza più bella di tutto il creato...Insomma: questa è la vera fortuna.

Non posso neppure fare a meno di sorridere alla scena che ho davanti: Alice che si cimenta in una poltiglia, studiando scrupolosamente questo galeotto libro di magia che sta combinando molti piacevoli guai, Giulia che cammina avanti e indietro esasperata dall'odore poco piacevole che quella pozione emana e Miriam che cerca di far capire loro quanto questa situazione surreale sia in realtà frutto di una razionalità nascosta e non so cosa altro. Anche Sofia sembra divertita e quella tensione man mano la sta abbandonando. La sua gatta, che non posso far a meno di pensare essere perfetta per questo bizzarro teatrino, salta sul divano e si posiziona tra di noi. Comincio ad accarezzarla e mi fa le fusa.

«Isotta ti adora, con Davide non era così». Entrambi diventiamo seri.

«Scusa Nathan, non volevo parlare di lui».

«Non devi scusarti, Sofi», le dico sfiorandole le labbra con il pollice, «sei stata con quel ragazzo per molto tempo, è del tutto normale che i ricordi riaffiorino. Ma non devi preoccuparti», continuo avvicinando le labbra al suo orecchio, «ora ci sono io e ti farò dimenticare tutto, piccola. Questa è una promessa». Si irrigidisce e al contatto con le mie mani sento la pelle d'oca che le provoco, ed è una sensazione bellissima. Non siamo soli e non posso fare con lei tutto ciò che ho in mente, ma non importa, avremo tutto il tempo del mondo, perché andrà bene, andrà tutto bene. Per ora mi basta anche solo sentirla vicina, stretta tra le mie braccia.

Capitolo 31

SOFIA

Le mie sorelle e Miriam sono rimaste con noi solo una notte e la mattina seguente sono ripartite.

Io e Nathan siamo stati qui, nel nostro guscio, senza mettere il naso fuori di casa. Ma stasera dovremo affrontare l'ignoto, perché torneremo a Torino per festeggiare il capodanno e, dopo aver appreso la notizia che anche i miei genitori saranno presenti, un nodo allo stomaco mi provoca una nausea che non ha proprio intenzione di abbandonarmi.

«Se partiamo ora avremo il tempo di comprare qualcosa per te. Non puoi venire alla festa di certo in tuta, ti pare?».

«No, direi di no», mi risponde ancora assonnato e con il viso affondato tra i miei capelli, «anche se a dire il vero rimarrei così per sempre. Il tuo profumo mi fa letteralmente perdere i sensi, bellezza».

Comincia a baciarmi il collo ed io, ovviamente, non oppongo resistenza.

«Nathan, se fai così non ci alzeremo più da questo letto, lo sai?».

«E ti dispiace, per caso?».

«No, però prima affrontiamo la nostra nuova realtà e

meglio sarà per noi».

Si ferma solo per guardarmi intensamente con la profondità dei suoi occhi limpidi come il cielo in un giorno in cui non vi è neppure una nuvola.

«Solo qualche bacio qui», sussurra mentre mi stuzzica dietro l'orecchio, «e poi ancora qualche carezza qui», ed ora la sua mano massaggia delicatamente il mio ventre, «e poi ancora un po' qui», sussurra ancora, stringendomi forte tra le sue braccia. «Tra poco andremo, te lo prometto, ma lascia che ti tenga ancora un po' qui con me, prima di dividerti con il resto del mondo. Lascia che la nostra favola continui solo per noi due, ancora un po'».

E fare l'amore con lui è il dono più prezioso che la nostra favola ci riserva.

Capitolo 32

NATHAN

Ok, lo ammetto: sono spaventato a morte.
Pensavo che domare le fiamme fosse adrenalina allo
stato puro, ma questo..
Siamo partiti un po' in ritardo rispetto alla tabella di
marcia, ma non riuscivo a staccarmi da lei.
Durante tutto il tragitto in macchina non abbiamo
parlato molto. Sofia era così concentrata sulla guida,
ed io troppo preso nel guardarmi intorno. Questi
luoghi così diversi da quelli che fino ad ora mi hanno
ospitato, ma che sento miei, perché mi trasmettono
pace e serenità.
Ogni tanto ho dei flash back: mi rivedo a domare le
fiamme, a cercare con tutto me stesso di salvare
persone innocenti e ammetto che questo mi manca. Il
mio lavoro mi manca.
Quando arriviamo nella sua città ci fermiamo per
comperare qualcosa da mettermi addosso. Non
sopporto di dover dipendere da lei, ma per ora non ho
altra scelta.
«Non mi piace molto che tu debba spendere soldi per
me. Non appena avrò trovato un lavoro sarò io a
prendermi cura di te. In tutto e per tutto».
«Non importa Nathan, non devi preoccuparti. Non è

di certo colpa tua quello che sta accadendo, è solo colpa mia e questo è il minimo che possa fare per te».
Stiamo camminando, ma ad un certo punto mi fermo di colpo e la attiro a me.

«Tu non potevi saperlo Sofi. Questa situazione va al di là delle nostre conoscenze. Nessuno a colpa e poi...sono felice di essere una parte di te. Questo vuol dire anche che mi prenderò cura di te, perché in un certo senso mi hai portato alla vita e non posso far altro che essertene grato».

«Spero che andrà tutto bene, anche perché dovrò imparare come gestire la magia che, a quanto pare, ora fa parte di me e delle mie sorelle», continua guardandomi con i suoi occhi così profondi, «e poi...ti stai già prendendo cura di me, non ho bisogno di altro. Ho il mio lavoro e la mia indipendenza, quello che mi piace ricevere da te è la bontà del tuo grande cuore».

«Allora siamo in due», le sussurro.

Ci prendiamo per mano e continuiamo a camminare.

«Che lavoro fai?», le domando. Mi rendo conto di non sapere nulla di pratico sulla sua vita di tutti i giorni, a parte la fine della sua relazione con quel mezzo uomo e l'incontro comico con le sue sorelle e la sua migliore amica.

«Lavoro in un call center. Vendo prodotti alimentari e sono anche piuttosto brava, sai?», afferma in maniera decisa e al contempo ironica.

«Non lo metto in dubbio, piccola. La tua voce anche

al telefono deve essere meravigliosa. Chi non ordinerebbe una quantità spropositata di ogni genere alimentare?».

Sorride di gusto e per poco il mio cuore non cede.

«Forse è solo fortuna, Nathan».

«Non credo, ma adoro la tua modestia».

Mi sorride imbarazzata, ma compiaciuta allo stesso tempo.

«Il tuo sogno è scrivere, però», affermo.

«Sì, ma è solo una passione, tutto qui».

Ci fermiamo di nuovo.

«Io dicevo sul serio. Dovresti continuare a scrivere la mia storia, sarà bello poterla vivere vicino a te. Sarà bello sapere che ho una storia, un passato. Per il futuro invece...sarà bellissimo poterlo costruire con te, un po' per volta, giorno per giorno».

Torna subito seria.

«Ho paura Nathan. Paura che non potrà esserci un futuro per noi, paura che col tempo questo desiderio che si è avverato con la magia possa ritorcersi contro, paura che tu possa scomparire un po' per volta, giorno dopo giorno. Perché tu non sei reale e non sai quanto mi piacerebbe non doverlo più dire, ma è così purtroppo e non so come sarà possibile..». Le premo due dita sulla bocca perché non voglio che continui a parlare.

«Sofia ascoltami: non voglio più sentire discorsi sulla realtà. Sono qui con te, non so del mio passato e non so neanche predire il futuro, ma sono un uomo. Provo dei sentimenti, ti sto parlando e so esattamente quello che ci stiamo dicendo. Mi guardo intorno e vedo le vetrine dei negozi, le persone che camminano, le macchine che passano. Potrei parlare di storia, di geografia, di cinema e teatro e saprei esattamente quello che sto dicendo». La vedo perplessa ma continuo, perché voglio che capisca esattamente quello che sto dicendo. «Se non ci fosse la benché minima possibilità per me di essere una persona pensante ma solo un pezzo di carta che non può vivere di vita propria, come è possibile che sappia tante cose? Pensaci bene. Come è possibile che il mio cervello elabori diverse situazioni, anche la più semplice come lavorare in un call center? Non te lo sei chiesto? Ho delle reazioni, dei pensieri e questo mi porta a credere che forse sono più vivo e reale di quello che pensi».

«Nathan, mentre scrivevo di te non ho mai raccontato situazioni che andassero al di fuori di quello che facevi e provavi. Non avevo pensato a questo, hai ragione. È tutto così strato e non avremo mai una certezza, suppongo».

«Tutto meravigliosamente strano, aggiungerei. E forse non è poi così male non avere certezze, almeno nella nostra situazione».

Capitolo 33

SOFIA

Ascolto le parole di Nathan come fossero oro colato e penso a quanto abbia ragione.

«Non voglio più ascoltare discorsi sulla realtà. Io sono qui con te, non so del mio passato e non so neanche predire il futuro, ma sono un uomo. Provo dei sentimenti, ti sto parlando e so esattamente quello che ci stiamo dicendo. Mi guardo intorno e vedo le vetrine dei negozi, le persone che camminano, le macchine che passano. Potrei parlare di storia, di geografia, di cinema e teatro e saprei esattamente quello che sto dicendo. Se non ci fosse la benché minima possibilità per me di essere una persona pensante ma solo un pezzo di carta che non può vivere di vita propria, come è possibile che sappia tante cose? Pensaci bene. Come è possibile che il mio cervello elabori diverse situazioni, anche la più semplice come lavorare in un call center? Non te lo sei chiesto? Ho delle reazioni, dei pensieri e questo mi porta a credere che forse sono più vivo e reale di quello che pensi».

Quello che mi ha detto mi lascia a bocca aperta perché è vero! Di Nathan ho scritto solo poche pagine, qualche bozza a dire il vero e nulla più. Tutto ciò di cui parlava erano le sensazioni che viveva e la sua esperienza come vigile del fuoco in quelle tragiche situazioni. Nulla di più.

Ora che è qui con me non ha ricordi sul suo passato se non quelle poche cose che ho creato io per lui, eppure si comporta e parla e vive e capisce tutto ciò che lo circonda come una qualsiasi persona nella vita di tutti i giorni. Qualcosa è cambiato nel momento in cui ho sognato di essere prigioniera delle fiamme e lui mi ha salvata. Provavo già una sensazione di unione con lui da prima, ma pensavo si trattasse semplicemente di un coinvolgimento emotivo, proprio come quello che provo ogni volta che leggo un romanzo e mi affeziono ai personaggi. Invece, da quel preciso momento, c'è stata una svolta decisiva che ci ha portato qui e tutto quello che è accaduto dopo e le parole del libro sono state solo una conseguenza.

«Scoprire la verità potrebbe far tornare tutto come prima», gli dico con voce roca.

«E allora non ci resta altro che dimenticare e cominciare da capo...Piacere», mi dice come se niente fosse, «io sono Nathan, ti ho vista qualche giorno fa al super market ma non ho avuto il coraggio di avvicinarmi. Ora ci rincontriamo e credo proprio che sia destino. Ti va di bere un caffè un giorno di questi?».

A quanto pare fa sul serio ed è entrato perfettamente nella parte.

«Piacere, io sono Sofia e sì», gli rispondo felice come non mai, «mi piacerebbe molto».
E dopo questo nuovo inizio, è difficile da spiegare, ma mi sento più tranquilla e sicura. Almeno per ora.
Ci siamo incontrati per caso, ci siamo piaciuti ed è scoccata la scintilla: un perfetto incontro per una perfetta nuova conoscenza, che si spera sfocerà in amore, da raccontare a amici e famigliari.

Capitolo 34

NATHAN

Indosso un completo con tanto di camicia e giacca.
Siamo a casa di Alice, la sorella più piccola di Sofia,
che ci ha offerto ospitalità per poterci cambiare per
questa serata che avrei volentieri evitato. Giulia e
Miriam mi osservano come se fossi un fenomeno da
baraccone. Non c'è altro da dire, insomma. Sono a dir
poco sottosopra fino a quando Sofia non ci raggiunge
in salotto con indosso un vestito nero con qualche
spruzzo di pagliuzze d'argento. Gli occhi marcati con
del trucco che li rendono ancor più grandi e luminosi
e i capelli raccolti di lato. Cristo santo: le mie
ginocchia per poco non cedono. Se questa sensazione
che sto provando adesso e che mi fa battere il cuore
all'impazzata non è amore..
«Stai benissimo Nathan, davvero, abbiamo fatto un
ottimo acquisto», afferma sorridente.
«Tu...tu...sei una visione», le dico, perché è vero.
Tutta questa storia avrebbe ancora più senso se fosse
lei quella uscita da un romanzo. Non ci sarebbe nulla
di strano, perché non può essere reale un gioiello
come lei.
«Ah», ansima Miriam spostando l'attenzione da Sofia

a me, «perché non mi succede una cosa del genere?
Questa è la favola che tutte vorremmo».

«Sì, davvero!», afferma Giulia con troppo entusiasmo.
Non sembra la stessa persona che mi ha attaccato la
prima volta che mi ha visto.

«Giulia, tutto bene?», le domanda Sofia.

«Sì, perché?». Ha sempre un sorriso stampato in viso.
Sembra quasi una maschera di cera.

«Non so...Non ti ho mai vista così euforica».

Alice comincia a ridere di gusto e quando finalmente
riesce a darsi un contegno afferma: «Ve lo avevo detto
che avrei fatto una pozione per farla sorridere e
renderla un po' più spensierata. Avete visto? Ha
funzionato!».

Non posso fare a meno di scrollare il capo divertito
dalla follia di queste ragazze sopra le righe.

«Non mi sono accorta di nulla. Quando mi avresti
dato questo intruglio?», domanda Giulia sempre
mantenendo un sorriso che adesso comincia a risultare
inquietante.

Sofia solleva le spalle, nel mentre guarda me e
Miriam cercando di capirci qualcosa.

«Ne ho versato quattro gocce nel caffè oggi
pomeriggio», sogghigna.

«Oh dio Alice e quanto dura questo effetto? La
prenderanno per pazza stasera, ci sono molti dei suoi
amici un pochino sofisticati», osserva Sofia
preoccupata, sì, ma a stento trattiene una risata,

mentre Miriam non ha il minimo contegno.

«Ops, non ho letto questa parte», risponde Alice rigirandosi i pollici, «forse qualche oretta?».

Queste donne mi faranno ammattire. Un'altra certezza in tutta questa storia.

Capitolo 35

SOFIA

Bene. Un po' di fortuna: i miei non ci saranno perché sono a letto con l'influenza. Lo so, detto così suona davvero male, perché sembro contenta che non stiano bene. Ma cosa devo fare? Se avessero visto Nathan con me questa sera potete immaginare la loro reazione. Soprattutto mia madre. Io e Davide ci siamo appena lasciati e so che mi direbbe: «Hai già trovato un rimpiazzo?».

Un minimo di rispetto glielo devo in tutta questa storia. Sono un po' all'antica, ma che ci possono fare? Solite facce gioviali: gli amici e qualche collega di Giulia, gli amici di Alice, i nostri colleghi del call center, gli amici degli amici...Abitiamo più o meno tutti nella stessa zona di Torino e ci conosciamo dai tempi dei tempi e alcuni recidivi sono soliti organizzare questa festa di capodanno.

Solo un piccolo problemino a cui non ho pensato, perché troppo occupata con Nathan (piacevolmente direi) e con il consultare il libro della nonna per imparare il mestiere di...strega? No, non esageriamo. Davide. Ci sarà anche lui, siamo sempre venuti qui assieme ed è amico degli organizzatori della festa.

«Sei talmente bella che mi togli il fiato», mi sussurra Nathan abbracciandomi da dietro, posando le labbra sulla mia nuca e cacciando momentaneamente questo brutto pensiero.

«Anche tu sei bellissimo». Lo sento sorridere compiaciuto.

«Che cosa ti preoccupa tanto, piccola?».

«Come fai a sapere che qualcosa mi preoccupa?». Domanda stupida lo so, noi siamo un'unica persona. Il fatto è che quando sono sotto pressione non do il meglio di me e spesso parlo a sproposito.

«Ti sento tesa e non hai idea di come vorrei farti sciogliere tra le mie braccia per tutta la notte. Cosa succede? Parla con me».

«Ho paura che ci sarà anche Davide. Non so come ho fatto a non pensarci».

«Be', risposta semplice: eri troppo impegnata con me», dice con voce flebile e continua, «non devi preoccuparti, ignoralo e poi ci sono io qui con te. Non proverà neppure ad avvicinarsi, altrimenti..». Non lo faccio terminare. Mi giro per guardarlo in viso.

«Per favore non fare pazzie. Cerchiamo di far passare questa serata il più velocemente possibile e non appena scoccata la mezzanotte ce ne andremo di qui».

«Come vuoi tu, mia piccola Cenerentola con le scarpette di cristallo». Rimango senza parole a questa sua battuta: come fa a conoscere la favola di Cenerentola? Forse l'unica risposta plausibile è che vivendo nella realtà inconsciamente sta acquisendo nozioni. Forse è proprio così, un processo del tutto naturale che lo sta portando ad essere una persona vera a tutti gli effetti. Spero tanto che sia così e non una teoria recuperata dall'anticamera della mia memoria vista in chissà quale film di fantascienza quando ero poco più che una bambina. Anche Nathan sembra un po' sorpreso da quello che ha detto, ma fa finta di nulla. Sembra quasi che mi abbia letto nel pensiero, perché mi sorride. È tutto così incredibile e allo stesso tempo fantastico.

Miriam si avvicina a noi tramortendoci e strappandoci violentemente dai nostri dolci pensieri, che quasi ci stavano portando in un universo parallelo.

«Davide a ore dodici!». Entrambi ci giriamo nella direzione indicata da Miriam, nel mentre anche le mie sorelle si avvicinano. Giulia ha sempre quell'espressione diventata oramai ridicola, nonostante questo momento di pura tensione per me. Nathan mi stringe la mano e, come per magia, mi sento più tranquilla.

Ci vede, ovviamente, e viene verso di noi.

«Bene, bene. Fate coppia fissa, allora. Non era solo una sveltina». Ora è Nathan che si irrigidisce. Ha la mascella serrata, ma cerca comunque di controllarsi. Me lo ha promesso.

«Perché, avevi qualche dubbio? Sai», continua fiero, «in fondo ti devo ringraziare». Capisco subito dove vuole arrivare, ma Davide no.

«Ringraziarmi? E di cosa? Di averla trattata come la stupida ingenua che è, in questi due anni?», domanda con un sorriso strafottente di chi la sa lunga, ma in verità non ha capito proprio nulla.

Nathan risponde con lo stesso sorriso.

«Certo che sì, perché se tu non ti fossi comportato da cazzone, quale sei, io e Sofia non ci saremmo mai incontrati». Ed è vero, perché non avrei mai pronunciato quelle meravigliose parole della nonna e, ancor peggio, non avrei cominciato a scrivere.

Il sorriso di Davide scompare improvviso. Ci guarda tutti con aria di sufficienza e con voce disgustosamente roca afferma: «Patetici». Si allontana e se ne va.

Ho passato due anni della mia vita con questo ragazzo che credevo di amare, che mi ha conquistata come da manuale e fatto credere mari e monti.

Trattengo a stento le lacrime.

Capitolo 36

NATHAN

Il bacio della mezzanotte alla mia bellissima principessa, come nelle migliori favole.
Voglio che si senta sicura di sé, perché a tutti può capitare di sbagliarsi sulle persone, specialmente quelle che ti sono così vicine.
Abbiamo passato una serata piacevole, tutto sommato, anche grazie alle sue sorelle e alla sua migliore amica. Sono delle ragazze fantastiche e molto legate tra loro e questa non è cosa da poco.
Ora siamo in macchina in direzione San Giacomo e sto guidando io. Subito un po' impacciato per via del volante dalla parte opposta, ma non ci ho messo molto ad abituarmi. Sofia è molto stanca e si addormenta subito.
Mi stupisco di come ricordo perfettamente la strada nonostante l'abbia vista una sola volta. Tutto sta procedendo così velocemente: nella mia mente una serie di repentini cambiamenti e nozioni più o meno importanti e frivole. Mi sento un po' come un bambino che comincia la prima elementare: non impiega molto ad imparare cose nuove, perché ha una mente fresca e aperta e immagazzina tutto ciò che lo

circonda facendone tesoro. Questo è proprio ciò che sta capitando a me. Né più né meno. Mi sento sempre più coinvolto da questa vita meravigliosa che mi aspetta vicino a Sofia, l'unica donna che potrò mai amare perché mi ha dato la vita.

Capitolo 37

SOFIA

Sono sospesa tra sogno e realtà, ed è una sensazione indescrivibile. Dovrei svegliarmi del tutto ma non posso, o meglio: non voglio.

Mi ha presa in braccio tenendomi stretta. Gli cingo il collo con le braccia e stringo forte a mia volta. Spero tanto che non gli manchi il respiro, perché non ho intenzione di mollare la presa. Potrei solo stringerlo ancora più forte di così. È l'unica scelta plausibile. Con una tranquillità e una sicurezza che a pochi appartiene, riesce a sfilare le chiavi di casa, aprire il portone, salire le scale e aprire la porta. Sempre con me in braccio.

Quando entriamo rimane fermo per qualche secondo, mentre Isotta si strofina contro la sua gamba; sento i miagolii di benvenuto. Poi, mi sussurra nell'orecchio: «adesso puoi anche smetterla di far finta di dormire, piccola». Il suo ghigno roco e al contempo divertito mi fa venire i brividi.

Alzo il viso e lo guardo prima con un occhio, poi con l'altro e gli sorrido.

«Potremmo ripetere questa scena altre volte?», gli domando speranzosa.

Mi dà un bacio sulla punta del naso e mi risponde:
«tutte le volte che vuoi». Ed io per poco non svengo.
Mi mette giù delicatamente e continua a guardarmi
con un' espressione carica di promesse e infatti, come
sempre, lasciamo andare i nostri sentimenti e le nostre
emozioni, diventando ancora e ancora una sola
persona..

Capitolo 38

NATHAN

Sofia ha ripreso il lavoro visto che le festività sono
terminate e una volta lasciata al call center giro un po'
per la città.
Torino è così diversa da New York. Sembra tutto
essenziale, quando in realtà essenziale non è per
niente.
Mi fa sentire al sicuro, come se non dovesse capitare
nulla di male, come se una città così raccolta
proteggesse le persone che vi abitano. New York è
invece...infinita?
In realtà non saprei come definirla perché non la
conosco veramente, ma fino a poco tempo fa è stata la
mia casa e non posso negare quanto quel piccolo
angolo di certezze mi manchi, anche se già so che mai
e poi mai vorrò tornare indietro. Mentre cammino tra
la folla, mi sento osservato, come se le persone
sapessero che nascondo qualcosa. So che è solo una
sensazione, ma mi sento comunque influenzato..

Capitolo 39

SOFIA

Il rientro al lavoro dopo le feste è sempre traumatico,
se poi aggiungiamo il fatto che ogni giorno mi aspetta
un bel po' di viaggio tra andata e ritorno per San
Giacomo…

Rimarremo ancora lì. Amo quella casa. Ho molti
ricordi e adesso anche il piacevole pensiero di Nathan
non è assolutamente da meno e poi ci vorrà qualche
settimana per trovare un appartamento in buono stato
e con un affitto discreto.

«Allora, come vanno le cose con il tuo uomo
magico?», mi domanda Miriam.

«Ssshh, non farti sentire. Non ho voglia di essere
tempestata di domande».

«Se ben ricordi molti dei nostri colleghi erano alla
festa di Capodanno e vi hanno visti insieme. Questo
può voler dire solo una cosa: oramai sei spacciata!
Soprattutto Chiara e Ginevra della reception, se lo
stavano mangiando con gli occhi, quelle invidiose».

Storco il naso al pensiero. Quelle due sono come
Anastasia e Genoveffa, le sorellastre di Cenerentola.
Non ho via di scampo.

«Devi ammettere che Nathan è di una bellezza unica.

Anche Davide un bel tipo, sì, però..».

«Be', come avrei potuto descriverlo se non così».

Mi guarda con un ghigno che non promette nulla di buono.

«Sei o no la mia migliore amica?». E infatti..

«Cosa vuoi?», le domando sospettosa.

«Su quel vostro libro di magia ci sarà qualche pozione d'amore adatta a me», mi dice a voce bassa e un po' camuffata per cercare di nascondere l'evidente imbarazzo.

«Miriam, la frase che ho pronunciato era un mio desiderio e non può essere valido per te».

«No, no, infatti. Cosa hai capito? Intendevo una pozione d'amore per far innamorare».

«Miriam non essere ridicola! Tu non hai bisogno di nessuna pozione o che dir si voglia per fare innamorare qualcuno di te! E poi, hai visto con Giulia? Non sappiamo ancora come gestire la magia e totalmente ignare della durata di queste pozioni. Delle imbranate totali, ecco cosa siamo e forse rimarremo. E poi, possono aiutarti all'inizio, questo sì, ma una volta avverato un desiderio o che dir si voglia devi comunque cavartela da sola. E non è facile, vedi me e Nathan, insomma..». Non nego che nella mia voce aleggia un velo di esasperazione dovuta all'ignoto che la nostra storia comporta.

«Capisco e scusami».

«Non hai nulla di cui scusarti, Miriam».

«Vedrai Sofi, andrà tutto bene».

«Lo spero tanto».

«Hai intenzione di presentarlo ai tuoi?».

«Aspetterò ancora un po' e poi sono anche indecisa se raccontare o no tutta la verità a mia madre. Voglio sapere della nonna, per apprendere più nozioni possibili e non potrà dirmi di no e prendermi per pazza. Non so, ma ho una sensazione».

«Quale sensazione?».

«Che lei sappia molto più di quel che ci ha fatto credere in questi anni, ma non ha voluto dirci nulla per proteggerci, forse. Una cosa è certa: ne verrò a capo. Non ho altra scelta».

Capitolo 40

NATHAN

Tra me e il fuoco c'è un legame molto particolare: da una parte la scarica di adrenalina che fa scattare in me e la pura e totale ammirazione per una tale potenza, dall'altra parte la paura che nonostante in quell'istante esatto in cui arrivi e sai che devi combatterlo ti inchioda al terreno impedendoti per pochi secondi, ma pur sempre preziosi, di affrontarlo. Ma lo fai, perché è proprio qui che comincia la battaglia tra l'adrenalina e la paura, questa linea sottile che ti permette di essere ciò che sei e ti dà la forza di continuare. Ti dà la forza di non arrenderti perché la vita di molte persone in quel momento dipende da te.

Ora il fuoco è di nuovo qui di fronte a me, ma questa volta un senso di pace mi invade. Lo scoppiettare nel caminetto e il calore che emana, mi trasmettono solo un senso di pura tranquillità.

Sofia è seduta di fianco a me con le gambe incrociate e il computer tra le mani, intenta a scrivere, ed è adorabile con la fronte aggrottata e gli occhiali da lettura troppo grandi per il suo viso e che la rendono davvero buffa.

«Posso leggere quello che stai scrivendo?». Solleva il

viso dallo schermo e mi guarda un po' preoccupata. «Sicuro? Non vorrei che ti turbasse. Sto raccontando di te».

Senza neanche pensarci mi sposto dal mio lato del divano e le vado vicino. Mi posiziono dietro di lei cingendola tra le braccia e circondandola con le mie gambe. Si rilassa subito, ed è proprio questa la sensazione che mi piace trasmetterle. Le scosto i capelli per scoprirle il collo e darle una bacio castissimo all'apparenza, ma che in realtà la fa rabbrividire.

«Sono più che sicuro, piccola».

«Ok, allora...leggi questa parte. Ho cambiato un po' di cose vista la situazione. La trama sarà un po' diversa e sia chiaro: tu non ti innamorerai di nessuna donna nel romanzo che non sia io». Solo a sentire la parola - innamorerai- mi irrigidisco un po' e Sofia lo percepisce subito alimentando un imbarazzo che non avrebbe dovuto intromettersi tra noi. Sono uno stupido.

«Volevo dire Nathan...che potrei pensare di far prendere al racconto una piega completamente diversa che non includa necessariamente una storia sentimentale. Ecco cosa intendevo, insomma».

«Mi dispiace, non volevo. Ho capito benissimo quello che intendevi è solo che..».

«No, no. Tranquillo! Non c'è bisogno che tu dica altro. Era solo riferito al romanzo, non parlavo di noi.

Quello che ci lega è ben diverso. L'affetto tra di noi è ovvio per varie ragioni e poi c'è l'attrazione».
Continua a scrivere o meglio: a batter tasti a uno a uno per nascondere l'imbarazzo creato tra noi, che non ha motivo di esserci. Le blocco le mani cercando di riportare la sua attenzione su di me.
«Credo di essere stato così stupido da averti confusa. In realtà non so bene cosa voglia dire amare qualcuno, forse tu lo sai meglio di me. Però, se quello che provo quando ti sono vicino mi fa sentire così sicuro del bisogno che ho di te, allora forse è amore, non trovi?».
«Vorrei che fosse così, ma se invece confondi i tuoi sentimenti con la gratitudine? Se fosse solo riconoscenza per averti dato una vita? Con il passare del tempo potresti stancarti e scoprire molte cose interessanti guardandoti intorno e poi...lasciarmi. Potrebbe succedere e non te ne farei una colpa». Non posso più ascoltare, perché ciò che dice ha un senso ed io non voglio che sia così.
Scosto il computer, la faccio girare verso di me prendendole il viso tra le mani.
«Io voglio te Sofia e mi devi promettere che da questo momento in poi non ti fascerai più la testa. Ti ho sempre sentita anche prima di far parte della tua realtà e questo vorrà pur dire qualcosa». I miei occhi sono colmi di promesse e di speranze e così voglio che siano anche i suoi.
«Anche io voglio te Nathan e ti prometto che da

questo momento cercherò di vivere la nostra storia come merita e in maniera del tutto normale e, spesso, anche meravigliosamente banale».
Sorrido divertito dalla sua naturalezza e dal modo sincero di esprimere i propri pensieri.
«Adesso che siamo d'accordo sul vivere la nostra storia intensamente ma nella maniera più semplice possibile, vorrei tanto leggere quello che stai scrivendo di me e ti assicuro che non mi innamorerò di nessuna eroina che non sia tu».
«Ti ho reso anche spiritoso, a quanto pare», mi dice arricciando un po' il naso in quella sua maniera adorabile.
Afferro il portatile e leggo una parte di storia.
«Hai molto talento», affermo, «non smettere mai di scrivere».
«Cerco solo di fare del mio meglio».
Ed è quello che penso davvero e il fatto di essere così modesta, con quel pizzico di insicurezza, la rende ancora più speciale di quel che è…

25 dicembre 2001,
New York

NATHAN

Un Natale diverso, un Natale malinconico, ma sempre con quella speranza che mai deve abbandonarci.
La mia famiglia sono i vigili del fuoco e sino a poco tempo fa

non ho mai sentito il bisogno di altro. Sino a quando non ho incontrato quegli occhi e da quel giorno non riesco a non pensare a lei e alla speranza di poterla rivedere un giorno..

«Ok, d'accordo, forse ancora una piccola speranza che il mio protagonista incontri la sua misteriosa amata c'è».
Le sorrido.
«Credo che dovresti continuare così e non cambiare nulla. E poi, con te come protagonista, non può essere altro che una favola, piccola».

Capitolo 41

SOFIA

Scriverò sempre di Nathan, non posso farne a meno. Continuo a pensare a come cambiare questa storia tra le pagine che man mano, da bianche, si riempiono di inchiostro acquistando vita. Cercavo di non impormi l'amore e di cambiare direzione, almeno nella storia che, con tanto impegno e devozione, sto creando tasto dopo tasto. Ma ora lui è vicino a me, sento i suoi occhi su di me, di nuovo cancello e riscrivo. E quei momenti ritornano, facendo riprendere colore alla favola che stava diventando triste e grigia. Non può essere altrimenti.
Si avvicina, mi stringe e tutto ha ancora più senso. Mi bacia e tutto si trasforma in realtà, un'altra volta, con quel pizzico di fantasia e la nostra magia.

***

Il giorno dopo…

SOFIA

Oggi il telefono del call center sembra posseduto dal demonio. Non vi è altra spiegazione. Squilla e squilla e squilla in continuazione senza sosta.

«Prenditi una pausa Sofi, vengo io al tuo posto per un po'».

«Grazie Miriam, ma non è il caso. Anche tu sei molto impegnata».

«Insomma. Ho fatto appena cinque telefonate e per cinque volte sono stata mandata a quel paese da tutti e cinque i potenziali clienti».

«Ti capisco, ma vedrai che molto presto sarai spostata anche tu nel mio settore, non appena il capo avrà assunto nuove reclute».

«Mmmh, se lo dici tu. Non so perché ma ho la sensazione che invece rimarrò nel settore -rompi le palle alle gente che è tranquilla in casa- per sempre. Non ho le tue capacità».

«Ma che dici Miriam. Nel mio caso è solo fortuna».

«Sarà, ma ciò non toglie che stai lavorando molto e per di più hai troppe preoccupazioni per la testa».

Mentre stiamo parlando, il telefono riprende a squillare. Faccio segno a Miriam di aspettare, giustificandomi.

«L'ultima giuro, e poi vado in pausa».

«E va bene». Sbuffa esasperata.

«Pronto, buongiorno. Sono Sofia de I SAPORI DI CASA. Come posso aiutarla?».

«Sofi!». Per poco non mi soffoco con la saliva.

«Davide? Lo sai che non posso usare questa linea per telefonate personali. Cosa vuoi?».

«Forse così attirerò la tua attenzione e mi starai a sentire».

«Non ho tempo per i tuoi giochetti. Ti prego di non chiamarmi più. Tra noi è finita».

«Sì, ho capito, ma forse quello che sto per dirti ti farà aprire gli occhi su quella specie di troglodita con cui te la spassi».

Il panico si impossessa di me.

«Ma di cosa parli?».

«Ho fatto qualche ricerca e non esiste nessun Nathan Porter né in America né da nessun altra parte, che corrisponda a lui».

«Non mi sembra di avertelo presentato. Come sai il suo nome e da dove viene?».

«Mi sottovaluti. Ad ogni modo sappi che andrò in fondo a questa storia».

Non è possibile, questo è un incubo!

«Non so che intenzioni hai, ma sappi che non ti permetterò di intrometterti nelle mia vita».

Riattacco in malo modo la cornetta, sto tremando e non posso credere che davvero Davide possa farmi una cosa del genere. Per quale motivo ha chiesto informazioni su di lui?

«È solo un bastardo geloso! Ecco cos'è!», afferma Miriam con rabbia.

«Hai sentito cosa ha detto?».

«Certo che ho sentito, ma non devi preoccuparti. Quel cretino è tutto fumo e niente arrosto. Vuole solo darti fastidio, ma vedrai che lo sistemiamo».

La mia più cara amica mi sta parlando, ma comincio a sentire solo parole ovattate. Non posso permettere che Nathan passi dei guai. Non ho altra scelta: dovrò fare in modo che tutto torni come prima.

Capitolo 42

NATHAN

Per tutto il viaggio di ritorno a casa Sofia è stata
silenziosa. Ho provato a chiederle più volte cosa
avesse, ma ha continuato a rispondermi che ne
avremmo parlato una volta arrivati a San Giacomo.
Quando finalmente arriviamo e entriamo in casa
continua a darmi le spalle. Mi avvicino e mi posiziono
di fronte a lei deciso a non lasciar correre. Vedo che
ha gli occhi lucidi. Avvicino una mano al suo viso per
sfiorarla, ma si allontana subito.
«No Nathan!».
«Cosa succede?», le domando, mentre il cuore mi
scoppia in petto.
«Stasera consulterò il libro e...», esita per qualche
secondo, «troverò il modo di farti tornare indietro»,
afferma risoluta. Sono pietrificato.
«Ma di che cazzo stai parlando?».
«Hai capito benissimo, Nathan».
«Vuoi dirmi cosa è successo? Perché è evidente che
qualcosa oggi è capitato. Parlami, ti prego». Mi
avvicino ancora, ma Sofia indietreggia sempre più.
Odio questa distanza tra noi, mi fa sentire impotente.
Lei è la mia aria ed io sono la sua. Lo sappiamo

benissimo entrambi.

«Nathan, ti scongiuro, non avvicinarti. Se mi toccherai ancora non riuscirò più ad avere la forza di farti tornare tra le mie pagine». Delle lacrime cominciano a solcarle il viso. Non mi importa nulla, non faccio come mi dice. La stringo tra le braccia più forte che posso, nonostante stia tentando in tutti i modi di opporre resistenza.

«Nathan, ho detto di no!».

«Ascoltami Sofi!», urlo con tutta la disperazione che ho in corpo, nel mentre le serro forte le spalle in modo che mi guardi in viso ed avere così la sua completa attenzione, «Parla con me. Dimmi cosa è successo. Fidati di noi». Quel che leggo nei suoi occhi è paura.

«Davide..». Non la faccio finire di parlare. Appena sento questo nome ho la nausea. Mollo la presa, ma questa volta sono io a indietreggiare.

«Vuoi tornare con lui, non è vero? È per questo che vuoi liberarti di me». Ora mi guarda con evidente stupore.

«No!», afferma decisa, «Come puoi pensare una cosa del genere?».

«Non lo so, dimmelo tu», rispondo, sollevando le spalle.

«Davide mi ha chiamata oggi, dicendomi che ha fatto qualche ricerca su di te. Dice che non esiste un Nathan Porter con il tuo aspetto. Pensa che tu mi abbia mentito sulla tua identità e ha intenzione di andare ancora più a fondo su questa storia. Lo conosco, è determinato e sono sicura che chiamerà la polizia. Cosa spiegherai loro una volta che ti avranno portato in questura per dei controlli? Non hai documenti, non potrai neanche dire la verità, come i clandestini fanno quando sono sotto torchio e al massimo rischiano l'espatrio. Non esiste nessuna verità che potrai dire e non potrai di certo raccontare che non sei reale. Non abbiamo altra soluzione». Non voglio ascoltare, non ci arrenderemo.

«Ascoltami Sofia, non rinunciare a noi per questo. Non dovrai più preoccuparti di nulla. Ti prometto che troveremo una soluzione». Mi avvento su di lei. Non le lascio il tempo di respirare, perché mi impossesso delle sue labbra. Si lascia andare completamente, non può fare a meno di me. Non può fare a meno di noi.

Capitolo 43

SOFIA

Nathan mi bacia con trasporto, mi tocca, mi stringe, mi reclama con tutta la sua forza ed io sono troppo debole per resistere. Rispondo al suo bacio, soffrendo ancora più di prima, perché so che sarà l'ultimo.

«Ora basta, ti prego», sussurro cercando di staccarmi da lui.

«No». Continua a tenermi stretta a sé riprendendo a baciarmi con foga. Mi sfila via i vestiti con facilità e maestria ed io faccio lo stesso con lui. Facciamo l'amore ed è così bello e speciale che il mio cuore si spezza.

Pensavo di aver sofferto per la fine del mio rapporto con Davide, non capendo che invece quello era solo l'inizio di ciò che mi aspettava dopo: l'amore, quello vero. Quello che ti fa sognare e quando ti rendi conto che stai per perderlo davvero, ogni tua cellula sanguina copiosamente.

Nathan è sopra di me, io respiro nella sua bocca e lui nella mia.

«Io ti amo Sofia e non rinuncerò mai a te».

«Ti amo anch'io Nathan, così tanto da non poter sopportare che ti accada nulla di male». Il rivolo di una lacrima scivola sino al mio orecchio. Nathan la raccoglie con un bacio.

«Non dovrai più preoccuparti, non mi succederà nulla. Non permetterò che quel bastardo si intrometta tra noi».

«Non fare niente di avventato o peggiorerai le cose».

«Gli parlerò solamente».

«No! L'ultima volta siete finiti alle mani. Quello è un meschino, sarebbe capace anche di denunciarti».

«Non lo farà, è un maledetto codardo a cui piace fare il duro con le donne».

Stringo forte gli occhi per la vergogna che provo. Ho passato due anni con quel ragazzo e quando ho cominciato ad accorgermi che non era proprio come mi aveva fatto credere, oramai era troppo tardi.

«Guardami e smettila di pensare. Non hai nulla di cui vergognarti». È come se mi avesse letto nel pensiero.

Capitolo 44

NATHAN

«Ma, come hai fatto a capire quello che pensavo?».

«E come vuoi che abbia fatto, piccola? Forse per un attimo hai dimenticato cosa ci ha portati a stare insieme, altrimenti non mi avresti fatto questa domanda», le dico sorridendo, per cercare di allentare questa spiacevole tensione.

«Sì, è vero, noi due viviamo in simbiosi».

«E ti dispiace?», le domando per stuzzicarla.

«No, per niente». Mi sorride.

«Pensa alla fortuna che abbiamo: nessuna coppia normale sa leggersi così bene dentro, come noi facciamo».

«E noi non siamo una coppia normale, Nathan».

«Appunto e penso che sia fantastico. Siamo a dir poco fortunati».

Capitolo 45

SOFIA

Credo si tratti di nuovo di un sogno. Lo capisco dal calore che percepisco intorno a me. Non voglio e non devo avere paura; non devo e non voglio avere paura. Non è reale. Adesso mi concentro e mi sveglio. Niente da fare. Sono paralizzata. Questo calore aumenta sempre più, cominciando ad opprimermi. Mi guardo intorno, ma è tutto buio. Non vedo nulla.
«Nathan», lo chiamo con voce flebile. Forse si accorgerà che mi sto agitando nel sonno.
Le fiamme questa volta mi prenderanno. Non ho via d'uscita. Non vedo e non sento nulla se non lo sfrigolare del fuoco. Pian piano il buio intorno va a scemare, sostituito dal colore inconfondibile delle fiamme che sono sempre più vicine. Ora vedo tutto. Sono già stata qui. Il muro dietro di me sembra non avere una fine. Comincio a camminare lungo di esso a passo svelto, per raggiungere quel portale. Questa volta, però, non ci sarà Nathan dalla parte opposta a buttarlo giù, perché lui è qui con me. Dorme accanto a me e potrà salvarmi solo se si sveglierà.
Raggiunto il portale mi aggrappo con le ultime forze ai catenacci. Sono troppo debole.
«Nathan», pronuncio ancora, sempre con voce flebile.

Non respiro quasi più. Sta succedendo davvero.
Sbatto i pugni. Il fuoco si sta avvicinando, ma non mi
giro. Non voglio assistere a quel che già so. Non sarò
la spettatrice della mia morte.
Mi rassegno, a non so nemmeno bene cosa. So che
non mi trovo qui davvero; in realtà sono nel mio letto,
al sicuro, ma non riesco a concentrarmi. Proprio non
ci riesco.
Poi, ad un certo punto, il portale si apre e, di fronte a
me, la sua figura...La riconosco subito, nonostante
l'abbia vista solo in fotografia.
«Perché sta succedendo tutto questo, nonna?», le
domando, come se fosse la cosa più naturale che c'è.
Vorrei abbracciarla, ma non appena cerco di alzarmi
per sfiorarla, mi rendo conto che non è possibile. Non
è fatta di carne e ossa, è come un ologramma.
«Devi ascoltarmi Sofia», si rivolge a me con un lieve
sorriso, «devi farlo tornare da dove è venuto bambina
mia, non c'è altra scelta. Ma ti prometto che tutto
andrà bene e con l'aiuto delle tue sorelle riuscirai a
capire».
«Capire cosa, nonna?», le domando, cominciando a
provare un senso di tranquillità. Le fiamme si stanno
ritirando, a poco a poco.
«Non ho molto tempo. Consulta il libro, troverai
molte risposte e pronunciando lo stesso desiderio
potrai salvarlo. Fallo per lui, non pensare a te stessa.
Desidera con tutto il cuore».

«Ti voglio bene nonna». Riesco a trasmetterle questo mio sentimento, nel momento esatto in cui riapro gli occhi. Sono tranquillamente sdraiata e Nathan dorme beato di fianco a me. A quanto pare non mi sono agitata nel sonno. Per il bene di Nathan non dirò nulla. Ho visto la nonna ed ora che sono sveglia quasi non riesco a contenere l'emozione. L'ho nominata diverse volte ultimamente e lei mi è venuta incontro, nell'unico modo possibile: attraverso il sonno.

Ciò che mi ha detto non è del tutto giusto. O forse non voglio che sia giusto. Questo perché significherebbe rinunciare a Nathan. Lo devo salvare, perché è in evidente pericolo. Tutto torna: Davide metterà in atto le sue minacce ed io non posso stare ferma a guardare. Voglio soltanto che sia al sicuro, ma soprattutto voglio che questi ultimi momenti insieme siano speciali e non vissuti con la consapevolezza che siamo destinati a lasciarci.

Decido per lui, per il suo bene. Tornerà tra le mie pagine.

Questa notte è stata rivelatrice; io amo Nathan e userò le parole del libro, il mio desiderio per lui.

Quando tieni a qualcuno la sua serenità e più importante della tua.

Capitolo 46

NATHAN

So che ho promesso a Sofia di non parlare con quel
maledetto del suo ex, ma non ho intenzione di
mantenere questa promessa.
Amo Sofia e voglio proteggerla, voglio proteggere
noi, la nostra storia. Meritiamo una possibilità.
Certo, tutto sarebbe ben più semplice se tornassi tra le
pagine del suo romanzo; niente più preoccupazioni e
poi, molto probabilmente, non ricorderei nulla della
mia vita qui. Semplicemente perché tornerei ad essere
un pezzo di carta. Ma l'amore, il bello dell'amore, è
che non è semplice per nulla. Il bello dell'amore è
dover lottare per conquistarselo, meritarselo e, una
volta raggiunto, tenerlo stretto a sé con le proprie
forze.
Non si può rinunciare a tutto questo perché è la cosa
più semplice da fare. Quando si ha la fortuna di
possederlo va tutelato in ogni modo possibile, perché
è prezioso ed è proprio ciò che ho intenzione di fare.
Sto rovistando tra i cassetti, mentre Sofia è in bagno,
per cercare di trovare un indizio che mi dica qualcosa
in più su Davide. Non posso chiederlo a Sofia, né alle
sue sorelle, per non farla insospettire sulle mie

intenzioni.

Andrò da lui e sono sicuro che troverò un modo per farlo tacere e toglierlo di torno.

Purtroppo non posso prenderlo a pugni, anche se mi piacerebbe tanto farlo di nuovo, specialmente se ripenso a come ha trattato Sofia. È solo un bastardo mezzo uomo. Lo farò spaventare quel tanto che basta senza alcun bisogno di torcergli un capello. Non sono nella posizione di poter fare a botte. Rischierei di peggiorare ancor di più la mia situazione già di suo particolare e precaria. Sofia non dovrà sapere nulla; non sarà tanto stupido da cercarla ancora.

Capitolo 47

SOFIA

Nathan ha tanti progetti e far finta di nulla è uno strazio troppo grande da sopportare.

Ora che è entrato nella mia vita, non posso pensare di dover continuare senza di lui. Non ho altra scelta, però.

Non starà qui con me solo per il mio egoismo; devo pensare a lui, perché purtroppo so che Davide andrà fino in fondo e non voglio rischiare che vengano fatti controlli sul suo conto.

Potrebbe anche essere arrestato o ancora peggio.

Non posso, non devo permetterlo. Sono triste, anche perché quando quel momento in cui ci separeremo arriverà, mi odierà. Ma preferisco essere odiata pur di saperlo al sicuro.

Ho sbagliato tutto; dal primo momento in cui mi sono resa conto che si trattava davvero di lui, non avrei dovuto temporeggiare, ma aprire quel libro e far tornare tutto come prima immediatamente.

Ho chiamato le mie sorelle e Miriam; ho bisogno del loro supporto. Nathan non tornerà prima di sera, così avrò tutto il tempo di trovare il giusto equilibrio nella mia mente.

La nonna mi ha dato istruzioni: ripetere il desiderio.
Non sarà facile, perché in verità non voglio che
Nathan se ne vada e sto cercando in tutti i modi
possibili la soluzione più giusta per convincere me
stessa a non pronunciare quelle parole a vuoto.
Il desiderio si avvererà solo se veramente vorrò con
tutta me stessa realizzarlo. Ma la mia me stessa
irrazionale già so che cercherà di prevalere sulla
ragione in ogni modo possibile.
Suonano alla porta e vado ad aprire.
«Dimmi che non hai visto davvero la nonna!», mi urla
Giulia con il panico stampato in viso.
«E invece sì, l'ho sognata. Che poi era più un incubo
che un sogno. Entrate su, così vi racconto tutto».
Solito rito di San Giacomo; sedute sul divano a gambe
incrociate con in mano una tazza di cioccolata calda.
Spiego per filo e per segno il mio sogno o incubo, che
dir si voglia, visto che al telefono sono stata piuttosto
spiccia per non farmi sentire da Nathan che era ancora
sotto la doccia.
Anche Miriam ascolta ogni mia parola con attenzione
prima di intervenire: «Posso darvi un consiglio,
ragazze?». Annuisco per incoraggiarla a parlare.
«Parlatene anche con vostra madre. Non posso
credere che non ne sappia nulla».
«È più facile a dirsi che a farsi, ma se vogliamo
scoprire di più non abbiamo altra scelta», afferma
Alice.

«Ora l'unica cosa che conta è far tornare tutto come prima, dopodiché le parleremo e cercheremo di imparare tutte insieme come gestire la magia. Forse ne resterò fuori completamente, non credo che vorrò mai...esercitare si può dire in questo caso?», osserva Giulia.

«Nessuna di noi sarà obbligata a fare nulla. Io per prima credo proprio che lascerò perdere, ma ciò non toglie che desidero e voglio scoprire il più possibile sulla storia dei nostri avi. Mi sembra giusto e sì, credo che esercitare sia il termine più adatto in questo caso, Giuli».

«Io invece so già che vorrò continuare a imparare il più possibile. Non è detto che in futuro con queste nostre capacità non potremo anche fare del bene a chi ne avrà bisogno», afferma Alice con gli occhi che brillano.

«E questo è anche vero, però sono sincera: ho paura. È bastata una sola formula, un semplice desiderio, a scatenare tutto questo». Ed è vero. Ho paura.

Alice si alza dal divano e Isotta ne approfitta subito per prendere il suo posto. Se potesse parlare so già che sarebbe contraria a tutto; ha davvero un rapporto speciale con Nathan. Si comporta come un cane quando lo vede; gli fa le feste.

Quando posa la tazza sul tavolo e prende il libro della nonna capisce subito che è il caso di sedersi altrove, perché Isotta non sembra intenzionata a spostarsi.

«Sei sicura Sofi di rinunciare a Nathan? Soffrirai molto e poi, lasciatelo dire: non devi soccombere alle minacce di Davide. È solo un maledetto egoista!». Abbasso appena lo sguardo sul pavimento, perché le lacrime sono proprio lì, pronte a scendere, ma non posso permetterlo. Devo essere forte.

«Non so neppure se funzionerà, ma devo provare. Devo farlo per lui. Davide purtroppo lo farà, ne sono certa. Voi non c'eravate quando ha visto Nathan la prima volta; il suo sguardo gridava vendetta. È lui il vero egoista in tutta questa faccenda ed io non voglio essere come lui.

Una persona cattiva e bugiarda, ed io ci sono stata insieme per ben due anni, mentre lui se la spassava con altre. Vi rendete conto di quanto sono stata stupida?». E qui le lacrime scendono copiose.

Si avvicinano tutte e tre a me per confortarmi, ma nulla potrà funzionare. Quando Nathan stasera arriverà, sarà la nostra ultima notte insieme.

Quando lui tornerà nel suo mondo si dimenticherà di questi giorni. Farò in modo che sia così, perché cambierò la sua storia. Gli farò incontrare l'amore donandogli una nuova vita meravigliosa, con tante grandi soddisfazioni e colmando il suo dolore per quelle persone che hanno perso la vita nelle torri l'11 settembre 2001. Questo sarà, e niente altro. Io soffrirò, ma ne sarà valsa la pena se Nathan sarà felice. Questo è l'amore.

Capitolo 48

NATHAN

Ho trovato un biglietto da visita con il numero di telefono e l'indirizzo dello studio dove quell'essere ripugnante lavora. Passerò da lui, sistemerò questa faccenda e poi mi lascerò tutto alle spalle per ricominciare ancora una volta con Sofia al mio fianco. Sono nervoso. Ho paura che, se oserà aprire quella fogna che ha al posto della bocca per dire cose sconvenienti su Sofi, non risponderò delle mie azioni. Sono qui davanti al portone dell'elegante palazzo signorile che, a quanto dice il biglietto che ho in mano, ospita gli uffici dove lavora. Suono e, in automatico, il portone si apre. Salgo le scale a due a due sino ad arrivare al quarto piano. Mi fermo per qualche secondo emettendo profondi respiri. La porta è accostata. Entro, mi avvicino al banco reception, ma non faccio in tempo a chiedere di lui che una voce mi chiama.

«Nathan. Ti chiami davvero così? Non hai un accento americano». Eccolo dietro di me. Ho il volta stomaco. Con una lentezza agonizzante mi volto per guardarlo dritto negli occhi.

«Cercavi me? Chissà perché la cosa non mi stupisce

affatto».

«Non sarà una cosa lunga. Te lo assicuro», affermo deciso.

«Vieni nel mio ufficio».

Comincia a camminare ed io lo seguo. Entriamo e mi fa cenno di accomodarmi, ma non lo assecondo.

«Come ti ho già detto: non sarà una cosa lunga. Preferisco stare in piedi».

«Come vuoi», sibila con un ghigno maligno stampato in viso, «ti ascolto».

«Ho saputo che hai cercato Sofia», gli dico avvicinandomi ancora un po'.

«Be', qualcuno doveva pur metterla in guardia da te». Incrocio le braccia al petto. Mi scappa anche un sorriso beffardo.

«Ma davvero? Che strano. Da come ti ho visto trattarla credo proprio che sia tu quello dal quale metterla in guardia».

«Siamo stati insieme due anni, stronzo che non sei altro. E poi, un giorno, arrivi tu dal nulla e pensi di avere diritti su di lei».

«Da quello che so non state più insieme. L'hai lasciata e poi, non contento, l'hai anche umiliata».

«Ho solo detto la verità». Si avvicina e mi punta un dito contro. «Se è stata tanto stupida da non accorgersi della mia doppia vita fuori da casa non è di certo colpa mia, ti pare? Sai, non riesco ancora a crederci che sia stato così facile prenderla in giro. Non si

accorgeva mai di nulla». Ride pure il bastardo!
Non sono serviti a nulla i miei respiri profondi. Non
ragiono più. Non penso più alle conseguenze. Quando
tieni a qualcuno pensi solo a proteggerlo e tutto quello
che dopo può accadere non ha più importanza. Mi
avvento su di lui, afferro il bavero della camicia e lo
inchiodo al muro.
«Stammi a sentire brutto stronzo che non sei altro, se
ti avvicinerai ancora a lei o oserai contattarla in
qualche modo, ti giuro che non sarò più così gentile.
Hai capito?». Ha gli occhi sbarrati.
«Non me ne frega un cazzo di quella puttana. Non me
ne è mai fregato niente. Ma sto per scoprire qualcosa
su di te e in men che non si dica sarai fottuto. Nathan
o come cazzo ti chiami».
Lo strattono forte sino a farlo cadere a terra.
«Fai quello che ti pare, non mi importa nulla. Sarà la
mia parola contro la tua. E poi, stai pur tranquillo che,
le persone come te sono destinate a pagare tutto il
male che fanno. Io sono Nathan Porter e non me ne
frega un cazzo delle tue stronzate». Gli lancio un
ultimo sguardo di avvertimento, mi giro ed esco da
qui.

Capitolo 49

SOFIA

È quasi sera e Miriam, Giulia e Alice se ne sono andate.

Avrei voluto che rimanessero ancora un po' con me, perché ho bisogno di conforto. Non appena Nathan entrerà da quella porta dovrò avere la forza di sorridere.

Questa sarà la nostra ultima notte insieme. Voglio stringerlo tra le mie braccia, fare l'amore con lui e farlo sentire speciale. Perché lui è speciale.

Non ho altra scelta. Meglio far tornare tutto come prima, piuttosto che vederlo in pericolo in una realtà che, per quanto lui sia forte e coraggioso, non gli appartiene e non può controllare.

Prima che arrivi ho bisogno di parlare con mia mamma. Devo sapere. Voglio dirle che presto ci metteremo sedute e dovrà rispondere a tutte le mie domande e a quelle di Giulia e Alice. Perché anche se non sono le protagoniste come lo sono io in questa assurda storia, comunque sono coinvolte con la magia quanto me.

Prendo il telefono e faccio il numero di casa.

Risponde al secondo squillo.

«Pronto».

«Mamma!».

«Sofi, ciao. Tutto a posto amore? Le tue sorelle e Miriam sono ancora lì?».

«No, sono andate via poco fa».

«Ti senti bene? Stai piangendo per caso?».

«Mamma. So della nonna. Ne ho le prove e non appena verrò a casa dobbiamo parlare tutte insieme».

Emette un lungo sospiro e allora capisco che sa di cosa sto parlando.

«E va bene bambina mia. Parleremo».

Ci salutiamo e metto giù.

Capitolo 50

NATHAN

Sono ancora troppo nervoso per via del suo ex. Quando entro in casa cerco di non far trapelare nulla. Non deve sapere che sono andato a fargli visita. Ho voglia solo di stringerla e fare l'amore con lei tutta la notte sino a che non saremo sfiniti.

«Nathan! Mi sembri provato, cosa succede?». Mi viene incontro e mi stringe il collo fortissimo. Credo che abbia pianto e cerchi di nasconderlo. È preoccupata per me. L'unica cosa che voglio è farla sentire completamente al sicuro. Voglio dimostrarle quanto la amo e farle capire che niente e nessuno potrà separarci.

«Sono solo un po' stanco. Ho camminato molto. Ero in cerca di un lavoro e mi sono guardato un po' in giro, così quando avrò i documenti saprò già come muovermi».

«Bene, ne sono felice...e hai trovato già qualcosa?». Ha gli occhi ancora gonfi a causa delle lacrime, ne sono sicuro.

Comincio a baciarla con foga e tra un respiro e l'altro le dico: «Avremo tutto il tempo dopo di parlarne. Adesso voglio solo stare con te».

Non oppone nessuna resistenza, assecondando in maniera perfetta ogni mia carezza, ogni mio bacio, ogni mio gesto.

«Ti amo», le sussurro nell'orecchio, mentre comincio a spogliarla e lei fa lo stesso con me.

«Anche io ti amo Nathan e qualsiasi cosa dovesse succedere conservami sempre nel tuo cuore».

Mi colpisce molto quello che mi ha appena detto, ma cerco di non dare troppo peso alle sue parole. La tocco, la stringo e la bacio con intensità sempre più crescente. Voglio che si senta al sicuro e cacci via tutte le paure che vogliono insinuarsi prepotenti nella sua mente.

Capitolo 51

SOFIA

Abbiamo fatto l'amore, ed è stato bello, speciale,
unico.
Le emozioni che mi invadono in questo momento
sono pericolose, perché mi portano a non poter fare a
meno di lui. Non posso permetterlo.
I suoi baci, le sue carezze e le sue parole sussurrate,
cacciano ogni mia certezza su ciò che è più giusto.
Una lacrima traditrice scivola sul mio viso e si ferma
proprio lì, dove le sue labbra mi sfiorano. Si blocca e
non so quantificare il tempo in cui rimaniamo così,
fermi, uno tra le braccia dell'altra. Poi, con un gesto
dolcissimo mi bacia proprio in quel punto dove la
lacrima si è fermata.
«Non piangere piccola», mi sussurra nell'orecchio.
Ed è la fine. Si scosta portandomi con sé. Ho il capo
affondato nell'incavo del suo collo, adesso.
Rimaniamo così senza dire nulla. Solo i miei
singhiozzi, sino ad addormentarci.

***

Sono la prima a svegliarmi. Un raggio di luce che
filtra dalla finestra mi accarezza il viso.

Scosto delicatamente il suo braccio cercando di non svegliarlo, mi sollevo altrettanto lentamente e mi avvicino a Isotta che è sul davanzale della finestra. La accarezzo, ma non fa le fusa come sempre. Sta guardando fuori.

Scosto appena la tenda per vedere meglio cosa ha attirato la sua attenzione e quando noto una pattuglia della polizia il sangue mi si gela. Sono qui per Nathan. Davide ha fatto ciò che ha detto. Ne sono sicura.

«Sofi, cosa fai lì? Torna a letto». La voce di Nathan mi coglie del tutto impreparata, tanto che mi giro di scatto per andargli incontro.

«Cosa succede?», mi domanda, mentre si alza dal letto e mi raggiunge. Non stacco gli occhi dai suoi. Questa sarà l'ultima volta che lo vedrò. Dovrà funzionare e immediatamente. Metterò tutta me stessa, lo devo salvare. Mi prende il viso tra le mani. «Di qualcosa?».

Il rumore di due portiere che sbattono, catturano l'attenzione di Nathan. Scosta la tenda e guarda dalla finestra. Isotta scappa via su per le scale che portano in soffitta. Lui torna a guardare me, mi serra le spalle con le mani e con tono deciso mi dice: «Andrà tutto bene. Lascia parlare me».

«Non posso», affermo risoluta, senza quasi lasciargli il tempo di terminare la frase.

«Che cosa vuol dire che non puoi?».

«Io..io..», balbetto con le labbra tremanti, «ti amo Nathan».

Ha capito le mie intenzioni, perché quel che leggo sul suo viso è panico, stupore, rabbia..Tante emozioni contrastanti. Ma non cedo.

«Un posto molto, molto speciale dove pensare.. Cinque semplici parole: tu sei il mio cuore..».

«No, Sofi, No! Non puoi farlo, non puoi rinunciare a noi!». Non lo ascolto. Non posso. Non devo.

Prendo alcuni dei petali degli stessi fiori di montagna che ho raccolto per il mio primo desiderio. Sono caduti e sono sparpagliati sotto il vaso che custodisco gelosamente sul davanzale della finestra e li soffio via sotto gli occhi increduli di Nathan.

I miei occhi sono talmente gonfi e doloranti a causa delle lacrime, che non riesco più a tenerli aperti. E allora, faccio solo ciò che ha un senso in questo momento; li chiudo.

Nathan mi stringe a sé con una forza incredibile, tanto da farmi cedere, ma non appena sento bussare alla porta con colpi secchi e decisi e una voce dall'altra parte autoritaria afferma: «Polizia. Cerchiamo il signor Nathan Porter», ritorno in me.

Cerca di spostarmi per andare ad aprire, ma lo stringo a mia volta ancora più forte. «Ti amo e continuerai a vivere in me», gli dico con un filo di voce spezzato dalle lacrime, «non posso permettere che ti capiti qualcosa».

«No Sofia, no!». Questa volta mi scosta in maniera brusca. Mi osserva con un'espressione indecifrabile e scuote il capo. Lo vedo appena per via delle lacrime o forse perché sta funzionando e pian piano scomparirà. Si allontana per aprire la porta ed io nella mia mente continuo a pronunciare queste parole: «Un posto molto, molto speciale dove pensare..

Cinque semplici parole: tu sei il mio cuore...». Ed ora, con il pericolo sempre più vicino, sento che è davvero ciò che desidero. Non ho ripensamenti. Niente più emozioni. Ma solo salvare l'uomo che amo.

Tutto avviene come a rallentatore: sta per aprire la porta e, non appena la sua mano sposta il chiavistello, sparisce nel nulla.

Ha funzionato. Il desiderio si è avverato. L'amore ha fatto sì che io fossi convincente. La nonna aveva ragione.

Non ho più tempo per piangere. Devo rinsavire ed aprire loro la porta prima che la buttino giù.

«Sappiamo che siete in casa. Abbiamo visto la macchina».

«Arrivo subito!», rispondo prontamente.

Mi asciugo gli occhi e tolgo di mezzo quel poco che c'è di lui per non destare sospetti.

Isotta scende le scale e va verso la porta. Si ferma proprio lì, in quel punto preciso, dove Nathan è sparito come se nulla fosse. So che sta soffrendo anche lei, ma non c'era davvero altra scelta.

Quando sembra che ci sia una parvenza d'ordine, mi avvicino alla porta, mi sistemo ancora i capelli e apro, cercando di mantenere una calma apparente.

«Buongiorno, posso aiutarvi?».

«Cosa stava facendo?», mi domanda uno dei due poliziotti, mentre l'altro entra indisturbato scontrandomi per farsi spazio e cominciando a guardarsi intorno.

«Stavo facendo le pulizie. Ma posso chiedere cosa cercate?», domando con convinzione.

«Abbiamo ricevuto una segnalazione su di un certo Nathan Porter. A quanto pare è un clandestino», risponde lo stesso poliziotto, facendosi avanti e entrando anch'esso, ma con fare più garbato a differenza del collega.

«Mi dispiace, ma perché lo cercate qui?».

«Il signor Davide Mancini che afferma di essere il suo ex fidanzato, ci ha detto che state insieme e che lei potrebbe essere in pericolo. Stiamo solo facendo dei controlli. Ho sentito la voce di un uomo o sbaglio?».

«Era la tv!», dico prontamente, «mi dispiace, ma non saprei come aiutarvi. Sì, è vero, ho conosciuto questo ragazzo qualche settimana fa, ma non so dove sia. La nostra è stata solo una conoscenza. Non so nulla di lui, non ci siamo più visti».

So che sto facendo la figura della sgualdrina, ma per la prima volta in vita mia non mi importa nulla di quel che pensano di me. Conta solo Nathan, per me. E poi di certo non posso dire che sì, questo Nathan è esistito perché uscito dal mio romanzo, grazie a me che sono una specie di fattucchiera.

Direi che la prima versione, nonostante non sia la verità, è comunque l'unica versione possibile nella vita reale.

«Capisco», afferma il poliziotto più educato, mentre l'altro continua a guardarsi intorno e a sbirciare anche in soffitta e, inaspettatamente sempre quest'ultimo, si avvicina a Isotta per accarezzarla, ma lei, ovviamente, invece di fare le fusa scappa via.

«Non è abituata agli estranei», dico con un lieve sorriso per giustificare il suo comportamento. Che poi che motivo aveva di essere giustificato? Il nervoso comincia a giocarmi brutti scherzi.

«Se dovesse sentirlo mi raccomando di contattarci. Dobbiamo fare i dovuti accertamenti».

«Ma certo. Comunque mi sembrava un ragazzo piuttosto tranquillo e posato».

«Se sapesse quante persone all'apparenza tranquille quali segreti possono nascondere. Ora togliamo il disturbo».

Finalmente se ne vanno.

Chiudo la porta, mi giro e appoggio la schiena. Scivolo giù pian piano. Isotta mi raggiunge. La prendo in braccio e la stringo forte. Mi lascio andare. Una metà del mio cuore sarà sempre sua.

Capitolo 52

SOFIA

Sono passati sette giorni ed io sono ancora qui, divisa tra San Giacomo e Torino.

Alice, Giulia e Miriam mi sono vicine in ogni modo possibile, ma nulla mi è di conforto.

Sono state qui con me una notte, una notte in cui abbiamo parlato sino ad arrivare al mattino esauste.

La prima volta che espressi quel desiderio, solo il giorno seguente si avverò. Che poi avverò è una parola grossa.

Io avevo espresso un desiderio generico. Non avevo chiesto di avere un Nathan con me, di sicuro. Ma solo l'amore; quello vero e puro. Era stato un gioco, non ci credevo neppure.

Invece si è avverato e, in più, era davvero lui l'unico amore per me. Non saprei come altro spiegare tutto ciò.

Poi, come mi ha detto la nonna in sogno e come, ad essere sincera, avevo immaginato, è bastato ripetere le stesse parole. Ma, questa volta, tutto è successo in un soffio. Nathan è scomparso quasi subito e non dopo una notte di sonno il mattino seguente. Ero così preoccupata da non pensare a questa eventualità. Sarebbe stato portato in centrale per tutti gli accertamenti e poi forse arrestato e si sarebbe volatilizzato nel nulla sotto gli occhi increduli dei poliziotti. Ma per fortuna, per motivi ancora poco chiari che solo la forza dell'amore sincero e per nulla egoista può spiegare, non è andata così.

Ora è al sicuro e, in un certo senso, anche la mia famiglia. Le uniche ad aver avuto contatti con lui, oltre me, sono state Giulia, Alice e alla fine anche Miriam.

Avrebbero potuto passare grossi guai. Ho protetto anche loro. Devo essere fiera di me stessa. Devo convincermi di questo e smettere di piangere.

Nathan è sparito in poco tempo. L'amore ti fa desiderare ancor più intensamente il benessere della persona che ami, più di te stesso. Questa è l'unica spiegazione che mi do.

***

Quattro giorni dopo..

Un sabato pomeriggio solitario. Sarei dovuta tornare a Torino per parlare con mia madre, ma ho rimandato ancora. L'ho sentita preoccupata al telefono, ma ho cercato di tranquillizzarla e così hanno fatto anche Giulia e Alice. Ha capito e le ho promesso di raccontarle tutto al più presto. Mi ha risposto che avrebbe parlato con tutte noi.

Ora sono qui seduta davanti al caminetto. Isotta è raggomitolata di fianco a me. La vedo così triste da quando Nathan non c'è più.

Ho il portatile acceso e la schermata aperta sulla pagina del documento word. Questa è la prima volta, da quando non è più qui con me, che accendo il pc per continuare a scrivere. Un'altra lacrima traditrice mi scivola via sino a colpire la tastiera. La asciugo velocemente con la manica della maglietta e comincio…

30 dicembre 2001,
New York

NATHAN

Mi sento perso. Il mio cuore è con lei da qualche parte non so dove. So che lei c'è. Esiste, è reale.
Non so come farò a trovarla, non so come farò a ricongiungermi con lei, ma devo escogitare un modo. Così rischio di impazzire…

Le mie mani vivono di vita propria. Non sto decidendo io quel che devo scrivere. Ho posato le dita sui tasti e loro hanno cominciato. Sono stata catapultata con la mente e con il cuore in un'altra dimensione. E allora capisco: Nathan si ricorda qualcosa. Il suo essere e il suo cuore sono ancora qui con me.

Capitolo 53

SOFIA

Sono tornata a Torino, a casa dei miei genitori. Mio
padre è uscito e sarà impegnato per tutto il pomeriggio
e così io, mia madre, Giulia e Alice approfittiamo per
parlare di quello che, ed ora ne abbiamo la certezza, ci
ha nascosto in questi anni.
Le abbiamo raccontato di come abbiamo scoperto il
libro della nonna, stupite di non averlo mai trovato
prima, visto che eravamo solite stare ore ed ore in
soffitta a giocare da bambine, e di come da lì tutto è
cominciato.
«La nonna, quando ero poco più che una bambina, mi
ha mostrato questo libro, per lei molto prezioso. Mi ha
anche insegnato, o almeno ci ha provato, qualche
piccolo segreto racchiuso in esso. La vedevo qualche
volta in cucina mentre preparava degli intrugli e poi,
molto accuratamente, li suddivideva in boccette.
L'ho vista far del bene, non ha mai usato questa sua
capacità e queste sue conoscenze per vendetta o altro
che non sia stato più che lecito, ma nonostante tutto
non sono mai stata incuriosita da quello che faceva.
Non ho mai voluto seguirla. Forse perché speravo
fosse tutto irreale. Avevo paura. Non mi sentivo

all'altezza», riprende fiato per un attimo. La vedo commossa, «ma voi, figlie mie, non siete come me. Avrei dovuto parlarvene e mi dispiace che siate venute a scoprirlo così». Si gira verso di me. Ha gli occhi lucidi.

«Sofia, amore, potrai mai perdonarmi? Non oso immaginare quanto tu stia soffrendo. Perdere una persona cara in questo modo davvero assurdo. Forse se ve ne avessi parlato non sarebbe successo nulla. Sareste state preparate. Siete così unite. Il modo in cui siete state vicine a Sofia...Siete degne di continuare ciò che la nonna ha finito troppo presto. Ne uscirebbe molto di buono, perché avete un cuore grandissimo».

«Mamma non fare così, noi ti capiamo», le dice Alice, avvicinandosi a lei.

«Ha ragione Alice. Sappi che se fossi stata al tuo posto avrei fatto la stessa cosa. Questo perché siamo molto simili, quindi non devi sentirti in colpa», continua Giulia.

Ci avviciniamo tutte e la abbracciamo.

«Mi dispiace davvero molto ragazze. Se tornassi indietro mi comporterei diversamente».

Non c'è molto da dire. La capisco benissimo. Ogni genitore cerca di proteggere i propri figli come meglio crede e non possiamo fargliene una colpa.

È stato bello parlarne tutte insieme. D'ora in poi sarà tutto diverso, noi saremo diverse e dovremo cercare di sfruttare questa nostra peculiarità nel modo migliore possibile.

***

La notte seguente...
Di nuovo quella sensazione. Il calore che mi avvolge.
Lo sfrigolio delle fiamme che si avvicinano sempre
più.
Ma c'è una piccola differenza questa volta: non ho
paura.
So che non morirò. So che mi sveglierò.
Corro verso il portale, ormai del tutto famigliare e
busso. Busso forte. Il mio cuore batte all'impazzata. Si
apre pian piano e lo vedo.
«Vieni da me Sofia».
Mi sveglio di soprassalto. Ansimo, ma per la bella
sensazione che sto provando in questo momento.
Nathan non è solo tra le pagine del romanzo. Nathan
c'è, esiste, mi sta aspettando. Vorrei raggiungerlo.
Vorrei abbracciarlo ancora una volta. Vorrei dirgli
addio per sempre.

Capitolo 54

SOFIA

Mi faccio coraggio e busso alla sua porta. Devo vederlo. Devo parlargli e dirgli tutto quello che penso di lui. Questo è un primo passo verso la felicità. Mi libererò dei brutti ricordi e poi andrò avanti. Andrò avanti cercando di essere una persona ancor migliore di quel che sono, per me stessa, ma soprattutto per chi mi sta vicino. Solo allora potrò ritrovarlo e spiegargli quanto il mio amore è grande. Talmente grande che mi ha portato a rinunciare a un NOI, per proteggerlo. Il solo sentire la sua voce che dice: «Avanti!», mi fa accapponare la pelle. Certo che la vita è proprio strana: passi due anni con una persona, vivi con lei, dividi tutto con lei, le dici quanto la ami...Poi ti accorgi di non conoscerla veramente e che l'amore che pensavi di provare era ingannevole. Incontri qualcun altro e basta uno sguardo. Quell'intesa che non hai mai provato e che ti fa sentire bene. E allora capisci cos'è davvero l'amore.
Il batter d'ali di farfalle nella pancia, i sorrisi, i pianti, i ricordi, tante emozioni. Tutto ciò significa amare.
Entro nell'ufficio di Davide con questo pensiero.
Nathan è la mia forza e il mio coraggio.

«Sofia, ciao».

«Ciao».

«A cosa devo la tua visita? Accomodati», mi dice facendo un gesto reverenziale davvero irritante.

«No, grazie. Sto in piedi».

«Come vuoi».

«Volevo solo dirti che devi dimenticarti di me. Devi lasciar perdere questo accanimento nei confronti di Nathan. Io e lui non stiamo più insieme. Ora sarai soddisfatto».

«Be', l'ho fatto per proteggerti. Ti ho spiegato..».

Sollevo una mano verso di lui per farlo tacere.

«Non mi devi spiegare niente. Ti ho detto di dimenticare e di cancellare tutto». Mi dà le spalle girandosi verso la finestra, ed io approfitto di questo momento di distrazione. Nella mia mente corrono in sequenza le parole di una formula letta sul libro della nonna. Le accenno appena e a voce bassa. Nella tasca della giacca ho una boccetta che contiene un miscuglio di polveri preparato da Alice. Tolgo il tappo, ne prendo un pizzico. Lo metto sul palmo della mano e le soffio verso di lui.

«Io non devo dimenticare proprio niente. Non eri così importante da dover essere dimenticata e mi sembra di avertelo anche spiegato, proprio in presenza del tuo amichetto».

«Meglio», affermo mentre mi giro, ed ora entrambi ci diamo le spalle. Continuo, «Però, se fosse davvero così, avresti il coraggio di dirmelo guardandomi negli occhi». Mi avvicino alla porta, la apro, esco e la chiudo alle mie spalle per sempre.

Capitolo 55

SOFIA

«Allora, sei andata da Davide?», mi domanda mia
madre.
Oggi è di nuovo quel sabato del mese in cui io, Giulia,
Alice e Miriam, giriamo per Torino in bicicletta e
guardiamo vetrine per tutto il giorno. Questa volta si è
aggiunta anche mia madre.
«Sì».
«E come è andata?». Le mie sorelle e Miriam sanno
già tutto e ascoltano in silenzio mentre sorseggiano la
loro cioccolata.
«Diciamo che ho dovuto usare un po' di magia»,
affermo, mentre faccio l'occhiolino ad Alice.
«Cosa avete fatto?». Leggo un po' di preoccupazione
nei suoi occhi. Sapere che le tue figlie hanno deciso di
seguire le orme della propria nonna affinando nel
tempo queste capacità, è di certo motivo di
preoccupazione e non da poco.
«Una piccola e innocente magia per far sì che
dimentichi tutto quello che è successo nelle ultime
settimane. Non l'ho più sentito per cui presumo che
abbia funzionato e se l'incantesimo dovesse svanire lo
ripeterò all'infinito. Anche se dubito che accadrà. Una

piccola ma importante cosa l'ho imparata: più il desiderio è intenso e veritiero più avrà possibilità di avverarsi e continuare nel tempo. Questa è la vera magia».

«Vero Sofi, è proprio questa la strada giusta da continuare», afferma Alice. Anche Giulia sembra d'accordo, lo noto dalla sua espressione.

«Davide mi è sempre piaciuto e anche la sua famiglia. Mi dispiace tanto tesoro di non essermene accorta io per te. Una mamma dovrebbe sentirle certe cose».

«Non ti avrei ascoltata. Avrei avuto bisogno di capirlo da sola», emetto un lieve sospiro e continuo, «da quando ho cominciato a scrivere, qualcosa in me è cambiato. L'ho fatto inizialmente per evadere un po' dalla realtà e perché amo così tanto leggere che volevo sapere cosa si prova a scrivere una di quelle storie che tanto mi fanno sognare. Però, sin da subito, sin dalle prime frasi, ho sentito qualcosa e quel qualcosa mi ha portato a capire davvero l'amore. Devo continuare il mio romanzo. Devo trovare il coraggio di sopportare quella connessione che stabilisco con lui senza più soffrirne. Comincio e mi blocco immediatamente, ma è sbagliato. Lo devo a Nathan, devo farcela. È l'unico modo per sentirlo ancora e dirgli addio come si deve».

Mi guardano tutte con le lacrime agli occhi. Tutte tranne Miriam che si solleva dalla sedia all'improvviso e appoggia i pugni sul tavolo con decisione.

«Al diavolo! Non può finire così tra voi. Sarai tu ad andare da lui!». Si accorge che le persone nei tavoli vicini la guardano come se fosse pazza, allora si risiede e abbassa di nuovo i toni. «Scusate, ma non posso accettare che finisca così. So che questo mondo magico non mi appartiene e so che ci sono cose che spesso non hanno una soluzione, ma so cos'è l'amore e spero tanto di trovarlo anche io un giorno. Ma tu Sofi lo hai avuto e per quanto assurdo o bizzarro, sempre amore è e non puoi lasciartelo sfuggire».

«Miriam io..».

«No, ascolta», mi dice a bassa voce, «per Nathan è pericoloso tornare e anche se Davide è stato rimesso al suo posto non vuol dire che altri non possano insospettirsi. Ma puoi essere tu a raggiungerlo. Potete stare insieme anche così».

«Alt!», afferma Giulia visibilmente scioccata, «ok, accetto tutto e sino ad ora mi sembra di essere stata partecipe e vi assicuro che per me è molto, soprattutto perché ancora ho dei momenti in cui mi chiedo se è tutto vero. Ma adesso stiamo rasentando la follia».

«E invece credo proprio che Miriam abbia ragione. Cavolo! Saresti una streghetta perfetta», le dice Alice guardandola dritta negli occhi con ammirazione.

«Mamma di qualcosa. Ferma questa follia!». Ed ora tutta la nostra attenzione è riversata proprio su di lei, la donna che ci ha messo al mondo. Anche Miriam pende dalle sue labbra.

«Be', se mi assicurate che non sarà pericoloso, perché no?».

«Oh mio dio». Giulia scivola sulla sedia.

«Tre contro una». La prende in giro Alice e poi continua, «Dobbiamo solo aspettare che Sofi dica qualcosa». Ed ora guardano tutte me. Sono sincera, sono nel panico, ma so già quale sarà la risposta.

«Lo amo e voglio stare con lui. Non mi importa come e dove, voglio solo poterlo sfiorare e sentirne il profumo. Voglio averlo non solo con la mente, ma anche con il cuore».

«E allora non c'è altro da dire. Domani tutte a San Giacomo. C'è un libro da studiare e un desiderio da esprimere».

***

Il mattino seguente...

Sono persa nei miei pensieri. Guardo il vaso alla finestra che contiene i fiori raccolti nel bosco delle fate. I petali sono caduti tutti pian piano. Oggi ne raccoglierò altri e i nuovi petali che si stacceranno saranno quelli che soffierò via e che mi porteranno da lui. Se non altro per dirgli addio, senza fretta e con la speranza che mi perdoni e che capisca quanto lo amo e che sono disposta a rinunciare a lui pur di proteggerlo.

«E se poi riuscissi a raggiungerlo e una volta con lui non volessi più tornare indietro? Secondo voi cosa succederebbe?». La mia domanda porta silenzio. Perché è più che evidente che prese dall'entusiasmo di aiutarmi non hanno pensato a questa eventualità.

Mi giro verso di loro. «Non basta pronunciare le parole del libro. Bisogna desiderarle con tutto il cuore perché si avverino. E se io non vorrò tornare indietro? Se desiderassi solo rimanere con lui?».

«Questo è un bel problema», afferma Alice. Giulia mi viene incontro, mi posa una mano sul viso e per la prima volta la vedo davvero spaventata.

«Non farlo Sofi, perché se così fosse..».

«Aspettate un momento! E se foste voi a esprimere lo stesso desiderio per far tornare Sofia?». Alice guarda Miriam con gli occhi sbarrati.

«Certo che come potenziali streghette siamo davvero un disastro. Qui l'unica in grado di poterlo essere sul serio senza fare casini è Miriam, senza ombra di dubbio. E non mi stancherò mai di dirlo».

Cominciano a ridere, ma non a lungo.

«Cosa succede, Sofi?».

«Io non voglio che siate voi a farmi tornare. Non so se qui, nella vita reale, il tempo scorra in maniera diversa rispetto a dove Nathan si trova. E se due o tre giorni fossero due o tre minuti tra le pagine del romanzo? Non avrebbe senso quello che sto facendo se non posso decidere quanto tempo dedicargli. Potrei tornare indietro senza neppure aver avuto la possibilità di parlargli. Vi prego, dovete fidarvi di me. Troverò il modo. Vi voglio bene e non dovete dimenticare che siete la mia famiglia. Mi dispiace di avervi spaventate con la mia sciocca domanda, ho solo avuto paura. Paura di ciò che non è possibile spiegare». Mia mamma sta in silenzio seduta con Isotta in braccio. Non ha ancora detto nulla, è come se fosse una spettatrice.

«Mamma, di qualcosa per favore». Fa scendere Isotta che dopo aver emesso un lungo miagolio comincia a correre sino a raggiungere le scale e salirle, per poi fermarsi e guardarci dall'alto. Si alza dalla sedia e viene verso di me. Mi abbraccia forte e mi dice: «Mi fido di te e se la nonna da lassù ha contribuito a questo strano incontro, perché so che è così, non può essere altrimenti, vuol dire che è la strada giusta da seguire per trovare quella serenità che in questi ultimi anni ti è stata soffocata dall'uomo sbagliato».

La stringo forte a mia volta e così faccio con le mie sorelle e Miriam. «Sapete che per me è importante rimanere da sola. Tornerò nel bosco delle fate e farò esattamente tutto come la prima volta. Non so se il desiderio si avvererà immediatamente come è successo con Nathan, perché ho paura, sono sincera. Potrei tornare qui e domattina non esserci più».

«Noi comunque ci saremo. Finché non tornerai staremo qui. Prenditi tutto il tempo di cui hai bisogno.

E quando lo rivedrai capirai quale sarà la scelta giusta.
Pensa alla tua felicità, noi stiamo bene e siamo felici».
«È vero Sofi, per una volta pensa solo a te stessa».
Le saluto con il cuore in gola.

Capitolo 56

NATHAN

Non esisto più. Non sono niente. Non sono neppure un'entità misteriosa di cui poter parlare, né qualcuno che ha viaggiato nel tempo, trovandosi di nuovo nel passato. Sono un pezzo di carta e esisto solo se chi scrive mi dà la possibilità di vivere nel mio mondo inventato.

Sofia ha deciso per entrambi, ma lo ha fatto per me, perché non mi capitasse nulla di male. Le avevo promesso di proteggerla, ma davvero sarei stato in grado di farlo? Non posso fare altro se non starmene qui a riflettere, in questo spazio angusto, una specie di passaggio, proprio come tra il purgatorio e l'inferno. Staziono qui e aspetto..

Sofia ha paura, non so se continuerà a scrivere. Ci ha provato qualche volta, ma senza riuscirci.

Sentiva quella connessione con me e si bloccava.

Ero così arrabbiato con lei in quel momento, quando con la magia del suo cuore mi ha riportato tra le pagine, ma adesso non lo sono più.

Se fossi rimasto nella sua vita sarebbero successe cose spiacevoli e forse non avremmo più saputo nulla l'uno dell'altra. Probabilmente mi avrebbero arrestato, interrogato e chissà cosa altro. Così, in questa situazione, per lo meno ci rimangono quei brevi momenti in cui ci sentiamo l'un l'altro. E poi nei suoi sogni..

Adesso Sofia è al sicuro, ed è solo questo che conta. Dio se mi manca, però.

Dovrò trovare la forza per trasmetterle coraggio, perché deve finire il romanzo, per lei e per noi, per continuare ad avere questi preziosi momenti di intimità.

Chiudo gli occhi e mi rilasso per quello che mi è possibile. Aspetto un segno, aspetto il continuo del mio essere tra le pagine bianche. Spero con tutto il cuore che verranno nuovamente macchiate di inchiostro.

So che può sembrare strano, ma non mi sono mai sentito così in pace. Una piacevole sensazione mi fa accapponare la pelle. Forse sto dormendo e sognando, sempre che sia possibile. Forse sto per incontrarla in sogno un'altra volta e se così fosse spero di non svegliarmi.

«Nathan». Una voce flebile mi chiama. Non voglio aprire gli occhi. Sto per vederla in sogno, ne sono sicuro.

«Nathan, sono qui, svegliati, ti prego». Ora questa voce è spezzata dal pianto. La sento ovattata. Non sono sicuro che provenga dalle sue dolci labbra, dalla mia Sofi.

«Nathan». E ora il mio corpo viene avvolto da braccia esili ma forti. Non posso più tenere gli occhi chiusi. Non mi ascoltano più, aprendosi molto, molto lentamente. E la vedo. Vedo Sofia che si scosta pian piano dal mio abbraccio per guardarmi in viso. Inconsciamente, nel sonno l'ho accolta tra le mie braccia.

«Nathan». Il mio nome esce dalle sue labbra sospirato. Mi accarezza il viso. Non riesco a muovermi.

«Sofia», ripeto il suo nome per un numero imprecisato di volte. Mi sorride. Mi sollevo lentamente, mentre lei si scosta ancora un po', perché io possa muovermi con facilità. Ora sono in ginocchio e la sovrasto di poco. Il suo viso mi sfiora appena il mento. Inspiro il profumo dei suoi capelli. Non sto sognando. Sofia è qui con me e mi tocca e io posso toccare lei.

«Mi sei mancato da morire, Nathan».

«Anche tu piccola mia».

«Mi hai cercata in sogno».

«Sì e tu sei venuta da me».

Non penso più a nulla se non al suo corpo contro il mio. Le sfioro le guance con i pollici per asciugarle le lacrime che non mi permettono di contemplare il suo bellissimo viso. Avvicino la mia bocca alla sua e la bacio come se fosse l'ultima volta e forse sarà proprio così. Non so quanto durerà questa magia, perché di magia si tratta.

Le mie mani scivolano giù lentamente ad accarezzare il suo corpo e quando si posano sui fianchi la attiro a me ancor di più, riprendendo a baciarla intensamente. Lei ricambia con lo stesso ardore.
Anche Sofia dimentica tutto in questo momento. Lo sento. Siamo solo io e lei, un uomo e una donna che si amano e che non desiderano altro che fare l'amore, per appartenersi ancora di più.

Capitolo 57

SOFIA

Sapevo che sarebbe stata dura. Ora che mi trovo tra le sue braccia e non so come potrò tornare indietro.
«Mi dispiace, io volevo solo..». Mi posa delicatamente un dito sulle labbra.
«Non c'è bisogno che tu dica altro. Hai fatto quello che è più giusto. Ero così accecato da quello che provo per te, dalla possibilità di avere una vita con te, che il mio egoismo ha preso il sopravvento. Avrei messo in pericolo me stesso per te, senza pensare alle conseguenze che la tua famiglia avrebbe potuto subire. Sono io quello che deve scusarsi.
«No Nathan, tu sei l'ultima persona che deve sentirsi in colpa. Sono stata io a mettermi in questa situazione e per questo cercherò in ogni modo possibile di fare quello che è più giusto, perché tu possa avere la vita che meriti.
Appoggio il capo sul suo petto. Sento il cuore che batte fortissimo. Lui è più vivo di quanto si possa pensare ed io lo amo da morire.
«Sai cosa devi fare piccola per rendermi davvero felice?».
«Cosa?», gli domando sollevando di scatto la testa per

guardarlo.

«Devi continuare il romanzo senza un ma e senza un se.

Lo scriverai ed io mi sentirò vicino a te e quando lo avrai terminato e sentirai la mia mancanza lo leggerai ancora e ancora, ogni volta che vorrai. Sarà come se fossi lì con te». Mi guarda con quella luce di speranza negli occhi che mi acceca.

«Lo farò, te lo prometto. Mi impegnerò per darti la miglior storia possibile. Quella che meriti.

Ci sorridiamo.

Siamo come in un guscio, sospesi nel nulla e non è giusto. Nathan non rimarrà ancora a lungo qui.

Questa è l'ultima volta che lo vedrò, ma non l'ultima in cui staremo insieme. Ogni giorno, dopo il lavoro, tornerò a San Giacomo, oramai diventato il NOSTRO posto speciale, non più solo il mio. Accenderò il computer e scriverò il storia che merita.

Esprimo il desiderio con questa consapevolezza.

Nathan mi stringe forte a sé e nell'orecchio mi sussurra quanto mi ama e che noi saremo PER SEMPRE. Chiudo gli occhi e il buio mi avvolge..

Capitolo 58

SOFIA

«Sofia, Sofia, svegliati!». Apro gli occhi. Mi sento frastornata. Isotta mi sta leccando la punta del naso. È sempre presente al momento giusto. Questo suo gesto dolcissimo è sufficiente a rincuorarmi nei momenti bui, proprio come questo.

«Sei tornata, Sofi! Siamo state qui per due giorni e quando stamane ci siamo svegliate e ti abbiamo trovata.. Diciamo che non è stato proprio piacevole svegliarmi con il tuo ginocchio piantato nella schiena, mentre Giulia era praticamente schiacciata sotto di te», afferma Alice con una smorfia.

«Mi è andata bene, allora. Sono meno dolorante io che ho dormito in soffitta», esordisce Miriam e queste parole sono più che sufficienti per farci ridere a crepapelle. Come sempre accade insieme a loro, qualsiasi tensione o preoccupazione viene alleggerita. Ad un certo punto, però, torno seria e così anche Alice, Giulia e Miriam.

«L'ho visto ed è stato bellissimo. Abbiamo fatto l'amore, abbiamo parlato...Non porta rancore. Mi ha detto di aver riflettuto e di aver capito lui stesso che

questa è stata la scelta più giusta. Poi mi ha detto che
mi ama e che dovrò continuare a scrivere il romanzo.
Questo sarà il nostro modo speciale di stare insieme».
Piango.
«Non piangere, Sofi». Alice si avvicina e mi
abbraccia e così le altre. Non so come farei senza di
loro.
«Scriverai una storia bellissima. Tu gli hai dato la vita
e lui continuerà a vivere in te». Sentire queste parole
uscire proprio dalla bocca di Giulia, mi fa sentire un
po' meglio.

***

La notte...

Sto sognando di nuovo, ma questa volta non sento il
calore inquietante delle fiamme che mi avvolge. Solo
un lieve tepore. Mi sollevo da questo pavimento
grezzo che adesso riesco a vedere bene, mi giro e mi
accorgo con gioia che quel maledetto muro non c'è più
e dalla parte opposta non ci sono fiamme che
avanzano lente verso di me. Solo una casa, una
bellissima casa bianca con lo steccato intorno, proprio
come quelle che vedi nei film americani.
Apro il cancelletto, attraverso il bel giardino e
raggiungo la porta d'entrata. Sta avvenendo tutto in

maniera così naturale. Non ci penso e busso. Quando la porta si apre e vedo dall'altra parte mia nonna non sono affatto stupita, pur essendo consapevole che si tratta di un sogno.

«Mi manca», le dico.

«Lo so bambina, ma hai fatto la scelta giusta e lui sarà felice. Tu sarai felice».

«Solo se continuerò a scrivere di lui e lo sto facendo, ci sto provando. Niente più interruzioni».

«Sei riuscita a sbloccarti. Alle volte ciò che ci accade è una conseguenza delle nostre paure. Questa esperienza ti ha aiutata a trovare la forza di continuare».

«Sì, ma a quale prezzo?».

«Andrà tutto bene. Il vostro amore non è ancora nato veramente..».

Apro gli occhi all'improvviso. Che cosa avrà voluto dire con: Il vostro amore non è ancora nato veramente?

Capitolo 59

In maggio...

SOFIA

«Questo è un momento molto speciale Isotta». Apre un occhietto per osservarmi, ma continua a sonnecchiare amabilmente sul divano.
SINOSSI: Nathan Porter è un giovane vigile del fuoco, spavaldo e coraggioso. Non si ferma di fronte a nulla quando si tratta di domare le fiamme. Un giorno, però, ogni sua certezza viene inclinata: si trova a dover fronteggiare un disastro di proporzioni inimmaginabili. L'11 settembre 2001, l'attentato alle torri gemelle. Neanche in questo caso si fermerà per salvare persone innocenti, ma sarà il suo cuore a vacillare. La perdita del suo più caro amico Jason e la consapevolezza che non potrà salvare tutti, lo fanno cadere nello sconforto. Ma un giorno comincia a sentire vicino a sé una presenza. Non sa cosa sia, ma quei brevi momenti in cui la percepisce il suo cuore si fa subito più leggero. Poi la vede, in un sogno forse, la riconosce in due occhi dolcissimi e pieni di paura. Per lui è il suo angelo custode..

«E adesso la parolina magica: FINE. Titolo scelto, sinossi perfetta, non resta altro che sistemarlo. Poi lo pubblicherò, proprio come molti autori esordienti fanno e finalmente chi vorrà darmi una possibilità potrà leggere la storia di un uomo coraggioso».

Capitolo 60

Due mesi dopo...

SOFIA

«Allora bambina, come ti senti?».
Sono a casa dei miei genitori e siamo tutti riuniti. Io,
mamma, papà, Giulia, Alice e Miriam.
Di fronte a me un contratto che un po' mi cambierà la
vita.
«Non saprei mamma. Mi sento ancora sottosopra. Non
so se sia la scelta giusta firmarlo».
Alice e Giulia si alzano e vengono dietro di me. Mi
appoggiano una mano sulla spalla.
«Ne sarebbe felice. La sua storia toccherà il cuore di
molti».
«Coraggio Sofia, è una bellissima opportunità».
Anche mio padre mi incoraggia. Non sa proprio tutto
quello che è successo in questi mesi e le poche volte
che ha parlato di nostra nonna l'ha sempre definita un
po' stramba, proprio come aveva sempre fatto nostra
madre. Diciamo che sa e non sa, come tutti i papà un
po' all'antica. Ora è solo un papà che vuole vedere
realizzati i sogni della propria figlia.
Gli sorrido rassicurandolo. Ho tra le mani la penna

che mi porterà a pubblicare il mio romanzo con una delle case editrici più importanti che ci siano. Due mesi dopo averlo pubblicato in diversi siti on line sono stata contattata e adesso sono qui a compiere il grande passo.

«Ti amo Nathan», dico a voce bassissima.

Capitolo 61

In settembre...

SOFIA

Esco dal call center e mi incammino per le vie di
Torino.
Ho un nodo allo stomaco. Oggi è l'11 settembre, il
giorno in cui tante persone innocenti persero la vita e
molte altre persero i propri cari. Il giorno in cui la
storia di Nathan Porter nasceva tra le mie pagine.
Questa lieve brezzolina che mi accarezza il viso è
davvero piacevole. Inspiro profondamente e pian
piano comincio a sentirmi meglio. Mi fermo di fronte
alla vetrina di una libreria e osservo il mio romanzo
dalla parte opposta. È così strano. Mi ci abituerò mai?
Sono felice e malinconica...Avrei potuto usare ancora
la magia per vederlo, ma non sarebbe giusto. Ho
mantenuto la promessa: il suo desiderio era che
continuassi a scrivere di lui e così ho fatto.
Appoggio una mano sulla vetrina e lo osservo ancora:
UN ANGELO NEL MIO CUORE, credo di aver
scelto un titolo perfetto e sono felice che la casa
editrice non lo abbia cambiato. Sorrido e mi allontano
con la testa così tra le nuvole, da non accorgermi che

una persona si è fermata proprio davanti alla vetrina, di fianco a me, ed io gli finisco addosso.

Alzo il viso, vista l'altezza, per scusarmi, ma il mio cuore si blocca per alcuni istanti. Le labbra cominciano a tremare. «Nathan», sibilo.

Lui strabuzza gli occhi.

«Sì, ma...come fai a sapere il mio nome? Ci conosciamo, forse? Spero tanto di no. Sarebbe imperdonabile dimenticarsi di un viso come il tuo», afferma sicuro.

Sono completamente scioccata.

«Scusami, assomigli molto a qualcuno che conosco».

«Qualcuno che ha il mio stesso nome oltre che il mio stesso aspetto», mi porge la mano e continua presentandosi, «Nathan Laurens, spero che almeno il cognome sia differente altrimenti dovrò accertarmi che il mio omonimo sia una persona per bene. Non si sa mai». Mi strizza l'occhio e io come un automa gli stringo la mano. Non è possibile, forse sto sognando? Per lo meno il cognome è differente. Ma l'aspetto…la voce…tutto…È lui. Il Nathan della mia fantasia. Il Nathan del mio romanzo. Il Nathan che amo.

«Sofia Preziosi, piacere».

«A dire il vero sono io quello che dovrebbe scusarsi con te. Mi sono avvicinato di proposito nella speranza che fossi distratta e mi scontrassi».

«Davvero? E perché?». Questa è una situazione talmente assurda!

«Perché...il modo in cui guardavi i libri...Ami leggere a quanto pare e anche io. Ho pensato: potrei invitarla a prendere un caffè e chiacchierare. Non ho molti amici con la mia stessa passione per la lettura. Ma, aspetta, Sofia Preziosi», ripete il mio nome quasi stupito e continua, «il tuo nome è sulla copertina del libro in vetrina. Non dirmi che anche tu hai un'omonima che fa la scrittrice!». Sorridiamo entrambi.

«No, sono io».

«Questo è davvero il mio giorno fortunato: una vera scrittrice». Arrossisco per il complimento.

Ad un certo punto, però, un pensiero si fa spazio prepotente nella mia mente. La nonna, l'ultima volta che la sognai, qualche mese fa, mi disse che il nostro amore doveva ancora nascere...

«Di dove sei, Nathan?», gli domando per cercare di capire di più.

«Sono nato e cresciuto in Italia, ma i miei hanno origine americane». Oh mio Dio!

«E tu?», mi domanda.

«Nata e cresciuta a Torino. Scusami se sono indiscreta ma: che lavoro fai?».

«Non direi indiscreta, in fondo sono uno sconosciuto che ti sta chiedendo di prendere un caffè. Le tue domande sono più che lecite. Sono un vigile del fuoco e lavoro qui a Torino».

La borsa che tengo tra le mani mi cade a terra emettendo un tonfo sonoro. Cerco di riprendermi per

quel che posso e mi accuccio per recuperarla da terra.
Il ragazzo misterioso fa lo stesso e, non appena le sue
mani sfiorano le mie nel tentativo impacciato di
entrambi di recuperare la borsa, ci ritroviamo occhi
negli occhi.

«Sai, so che può sembrarti strano e forse mi prenderai
per pazzo ma...è come se ti conoscessi già», mi dice
con voce flebile. Ci solleviamo continuando a
guardarci negli occhi.

«Per me è lo stesso Nathan. Sai che il mio libro parla
di te?». Mi sorride, come se non fosse assolutamente
stupito da quello che gli ho appena detto. Percepisce
qualcosa. Avevi ragione nonna, penso tra me e me.
Non oso immaginare la faccia di Giulia, Alice e
Miriam, quando lo vedranno.

«Allora, verrai a prendere un caffè con me?»

«Sì, mi farebbe tanto piacere».

E così ci incamminiamo insieme, mano nella mano,
come se fosse del tutto naturale. Noi non siamo
estranei in fondo.

A volte la fantasia e la magia si incontrano creando un
connubio perfetto. Non sono molto distanti dalla
realtà, basta solo crederci...

EPILOGO

ISOTTA

Li guardo con sospetto già da un po'...
Nathan è di nuovo nella nostra vita e niente e nessuno
potrà mai separarci. Di fronte al caminetto guardiamo
il fuoco che mai mi è sembrato amico come adesso.
Sorseggiano una cioccolata calda seduti tranquilli su
questo divano che ne ha viste di tutti i colori. Miriam
e il suo nuovo ragazzo teneramente abbracciati mentre
guardano la televisione, Giulia che discute
animatamente con Alice presa nella preparazione di
una nuova poltiglia e i loro rispettivi compagni che
scrollano la testa ma non possono fare a meno di
sorridere dei loro battibecchi. Tutto è tornato in un
equilibrio perfetto ed io ne assaporo ogni momento...

RINGRAZIAMENTI

Ed eccomi di nuovo qui...
Ci sarebbero così tante persone da ringraziare che forse dovrei scrivere un libro intero solo per questo motivo.
Allora non posso far altro che sintetizzare ☺
Grazie alla mia famiglia, mio marito Alessandro e i miei figli Giulia e Luca che sono la mia forza.
Grazie ai miei genitori che leggono le mie storie e mi guardano con quell'emozione e quell'orgoglio che solo un altro genitore può veramente capire.
Grazie a mia cugina Maria Grazia e a mia zia Lilly, che mi seguono sempre con tanto amore.
Grazie alle mie amiche autrici per esserci e che con le loro storie mi fanno sognare e imparare, mantenendo la mia mente sempre attiva, facendo sì che io possa continuare a sentire nel mio cuore nuove storie da scrivere.
Grazie alle lettrici, perché senza di voi e al vostro impegno con il passaparola non sarebbe possibile tutto ciò.
Grazie di cuore...